AF283379

Relatos de Bibliotecas

Duodécimo Certamen Literario
de la Biblioteca Universitaria de Granada

Rocío Raya Prida
(coord.)

Relatos de Bibliotecas
Duodécimo Certamen Literario
de la Biblioteca Universitaria de Granada

Granada
2024

© LOS AUTORES
© UNIVERSIDAD DE GRANADA.
RELATOS DE BIBLIOTECAS. DUODÉCIMO
CERTAMEN LITERARIO DE LA BIBLIOTECA
UNIVERSITARIA DE GRANADA
ISBN: 978-84-338-7380-4
Depósito legal: Gr./ 591-2024
Edita: Editorial Universidad de Granada
Campus Universitario de Cartuja
Colegio Máximo, s.n. 18071 Granada
Telfs.: 958 24 39 30 - 958 24 62 20
www.editorial.ugr.es
Diseño de cubierta: TADIGRA, S. L. Granada
Preimpresión: TADIGRA, S.L. Granada
Imprime: Imprenta Printhauss. Bilbao

Printed in Spain   *Impreso en España*

Cualquier forma de reproducción, distribución, comunicación pública o transformación de esta obra sólo puede ser realizada con la autorización de sus titulares, salvo excepción prevista por la ley.

Primer Premio:
Juan Ignacio Sánchez Ortiz

Accésits en orden alfabético:
Clara Aragón Tello
Cristian Walter Lindo Pablo
Rubén Moragues Izquierdo
Axel Andrés Rodríguez Betancourt

**El Jurado de este Premio ha estado compuesto
por los siguientes miembros:**

Antonio Sánchez Trigueros,
Catedrático emérito de la Universidad de Granada

María Isabel Cabrera García,
Directora de la Editorial de la UGR

Julia Olivares Barrero,
Miembro de la Academia de las Buenas Letras de Granada
y Bibliotecaria jubilada de la Diputación de Granada.

María Ángeles Grande Rosales,
Profesora del Departamento de Lingüística General
y Teoría de la Literatura de la UGR.

Rocío Raya Prida,
Bibliotecaria jubilada de la UGR.

Índice

10 Índice

De cómo se puede salir del abismo con el auxilio de una papelera de cuentos

Antonio Sánchez Trigueros

El sujeto que sufre está en medio del monte, agotado, desesperanzado, aburrido, hundido, medio muerto, medio vivo, fundido, corrido, golpeado, zarandeado, empujado, y no puede ya con la piedra, que no es que sea gigantesca pero sí difícil de asir y llevar a cuestas hasta el pico de la montaña en un castigo que le ha caído del cielo desde hace ya once o doce años…. Me consta que todo es un sueño y que ese sueño últimamente el sujeto que sufre lo repite una y otra noche y lo verbaliza ante el espejo por la mañana cuando se despierta, y el sujeto que sufre no se lo cree: otra vez esa imagen imposible del esfuerzo inútil y grotesco en el que acaban rodando la piedra y él por la ladera más abrupta de entre todas las posibles. No puede ser que construir un prólogo sea tan difícil que provoque ese sueño trágico y repetido a lo largo de los últimos meses de este año imposible. Pero así me lo asegura el sujeto que sufre que pasa por largos momentos de desesperación en los que no consigue engendrar ni una frase que pueda servir para esos fines de introducción o prólogo.

Cuando ya lo veo completamente entregado y me parece que escribir algo le va a ser imposible, decido acudir en su ayuda y proporcionarle una gran bolsa de basura llena de papeluchos con anotaciones, que provienen de una reunión sobre el cuento que tuvo lugar en una casona de Asturias hace algo así como unos cuarenta años. Son materiales de desecho, que me han llegado por un canal prohibido, con los que quizá el sujeto que sufre pueda dar forma a una escena de discusión entre escritores y especialistas del cuento o lo que sea: son fragmentos de intervenciones, notas apresuradas, opiniones sesudas, apuntes al vuelo, razonamientos muy pensados y testimonios equivocados y tachados, en suma, juicios imposibles sobre el cuento como narración pura y yo qué sé más. Le entrego el material en bruto para que él le dé forma y lo construya como un discurso ordenado, incluso académico, sobre el cuento literario, aunque me temo que no haga nada con ello y acabe tirándolo todo a la papelera, que es de donde yo lo he rescatado; no obstante, después de un muestreo aleatorio, considero que hay trozos de escritura interesantes que, eso sí, hay que trabajarlos. Y paso ya a reproducir el amontonamiento de citas y textos tal como se las he pasado al sujeto que sufre.

el
cuento necesita
envolver su mundo
en una luz peculiar, dotar
a sus personajes de dones,
actitudes o peripecias singulares
y conseguir tal interés en la
trama que el lector se sienta
empujado insoslayable-
mente hasta el final

la
novela y el
cuento se dejan
comparar analógica-
mente
con el cine y la
fotografía

nun-
ca se sabrá
cómo hay que contar
esto, si en primera persona o en segunda, usando la
tercera del plural o inventando continuamente for-
mas que no servirán
de nada

no
empieces a es-
cribir sin saber desde
la primera palabra adón-
de vas, en un cuento bien
logrado las tres primeras
líneas tienen casi la misma
importancia que las
tres últimas

la
novela es el
intento artístico de
encerrar el mundo en
una botella, y el cuento,
por lo tanto, encerrar-
lo en un botellín

el
cuento es una
narración que em-
pieza pronto y que
acaba enseguida

el li-
bro, verdadera
joya bibliográfica
salida de la imprenta
Román en los años
setenta, se asomó por uno
de los estantes de la
biblioteca y dijo al
e-book

Antonio Sánchez Trigueros

la prosa es lo diurno y la poesía es la noche, se alimenta de nuestros símbolos, es el lenguaje de las tinieblas y de los abismos, por lo que el cuento estaría situado en el centro del atardecer, con toda su belleza efímera y vacilante

me gusta la sensación que recibo cuando algún cuento que he estado tratando de criar como corresponde, echa a andar por sí mismo y me manda al diablo

una noche de invierno estaba solo en mi cuarto leyendo. No se oía en la casa ni un ruido ni un murmullo; solo dos relojes, el uno en mi despacho, el otro desde el pasillo, rompían con su tictac el silencio de la noche

requisitos de un buen cuento según el profesor: la brevedad, una referencia religiosa, una pincelada sexual, alguna asociación con el tejido social y una prueba de modestia; al día siguiente un alumno le entregó lo que podríamos considerar uno de los primeros microcuentos de la historia: "¡Dios mío! –dijo la duquesa–. ¡Quite usted la mano de mi rodilla!"

un cuento es la ilustración resuelta de un problema de aritmética moral

tam-
bién es el
movimiento depurado de
una pieza musical capaz de
resumir *adagios* y *allegros* en un
instante perfecto, como el instante
preciso que representan el jinete y
el caballo desnudos, señores rei-
nantes sobre la fachada más
municipal de Granada

entre
la multitud de
casos curiosos que a
diario se producen en toda
gran urbe, una vez más debe-
mos registrar hoy el de alguien
que, viviendo en la mayor
miseria, resulta a su falleci-
miento ser dueño de una
enorme fortuna

el
cuento es el
flirt fugaz con una
mujer de silueta perfecta y
mirada fascinante, mientras
que la novela es esa mujer con
la que nos vamos a vivir con
voluntad de permanencia
hasta la muerte

distin-
ción entre *short
story* y *tale*, la primera
provista de materia narrativa
y su procedimiento técnico–
narrativo sería "mostrar"; frente
a ella, la segunda contendría
materia simbólica y su
procedimiento sería el
de "contar"

ni
la novela es
tan larga ni el
cuento es tan
corto

gran-
des narradores
primero quisieron
ser poetas, luego
cuentistas y acabaron
resignándose a ser
novelistas

Antonio Sánchez Trigueros

la
inminencia de
la muerte removió la ex-
tenuante expectativa. La voz
de la moribunda, acostumbrada
al homenaje y a la obediencia,
no fue más sonora que un bajo
de órgano en la pieza cerrada,
pero resonó en los más
apartados rincones de
la hacienda

en
la historia del
hombre el cuento es
más importante que la
novela: la novela pasa-
rá, el cuento, no

el
cuento es
un breve sueño,
una corta aluci-
nación

como
prosa breve el
cuento debe poseer
la descarga energética
de lo súbito y la osadía
de un pujo de pura
imaginación

uno
de nosotros
tiene que escribir y
si esto va a ser contado,
mejor que sea yo que
estoy muerto, que estoy
menos comprometido
que el resto

que lo
sintético predo-
mine sobre lo analítico,
que tienda a la máxima
expresividad en el menor
espacio dramático posible y que
el desenlace resulte siempre un
final exhaustivo que remate
la intensidad de lo
narrado

so-
bre la hierba
del prado danza la
musa de Aristóteles. El
viejo filósofo vuelve de
vez en cuando la cabeza y
contempla un momento
el cuerpo juvenil y
nacarado

la
novela es una
construcción con
elementos accesorios; el
cuento no tolera ele-
mentos accesorios

bre-
vedad,
concentración y la
capacidad para excitar
desde un principio la
atención del lector y
sostenerla hasta el
fin

a
pesar de que
la mía es historia,
no la empezaré por el
arca de Noé. El hom-
bre y su machete aca-
baban de limpiar la
quinta calle del
bananal

A ver qué hace el sujeto que sufre con todo ese material. Seguramente nada, e irá diciendo por ahí que qué podía hacer con toda esa bazofia disfrazada de caos. Entonces, a ver si tú, lector avispado, sabes aprovecharlo. En tus manos lo dejo.

Antonio Sánchez Trigueros
Catedrático de Teoría de la Literatura
y Presidente del Jurado

Antonio Sánchez Trigueros

Introducción

Olga Moreno Trujillo

Es para mí una gran responsabilidad, a la vez que una enorme satisfacción, la tarea que me han encomendado: escribir unas palabras para introducir este volumen que recoge los relatos premiados en el XII Certamen Literario de la Biblioteca Universitaria. Llevo poco tiempo en la dirección de la Biblioteca, a quien represento, y redactar la introducción de un libro en el que puede que descubramos grandes virtuosos y virtuosas en el manejo de la palabra, es un reto arriesgado. Cada página de este libro es testimonio del potencial creativo que reside en nuestra universidad, una muestra del talento de nuestro alumnado. La organización de este tipo de actividades que fomentan la lectura y la escritura ocupan un lugar especial en el quehacer diario de la biblioteca, ofreciendo en esta ocasión al estudiantado la oportunidad de demostrar sus dotes literarios.

Si retrocedemos en el tiempo, fue en 2012 cuando se celebró el primer certamen ideado por nuestra compañera Rocío Raya Prida, bibliotecaria de la ETS de Ingeniería Informática y de Telecomunicación. En aquel primer libro que se publicó con los relatos premiados, mi predecesora en la dirección de la Biblioteca, Mª José Ariza Rubio, en su introducción hablaba de la posible continuidad de este concurso; como podemos ver la continuidad se ha hecho realidad. En aquel primer certamen se presentaron 63 relatos, siendo en esta duodécima edición 148, esto es señal de la relevancia y consolidación de este certamen.

Esta edición es la primera que se lleva a cabo con el nuevo equipo de gobierno de nuestra Universidad, cuyo apoyo para su celebración es total, y con el nuevo equipo de dirección de la biblioteca, que nos declaramos en este sentido continuistas.

Continúan también la mayoría de los miembros del jurado, por lo que es de agradecer su trabajo desinteresado, llevado a cabo con la misma ilusión que en la primera edición del certamen. Jurado formado por Antonio Sánchez Trigueros, Catedrático de nuestra Universidad y académico, Julia Olivares Barrero, Bibliotecaria de la Diputación y académica, Rocío Raya Prida, bibliotecaria de la Universidad de Granada, María Isabel Cabrera García, Directora de la Editorial y una nueva incorporación: María Ángeles Grande Rosales, Profesora Titular de la Universidad del departamento o de Lingüística General y Teoría de la Literatura.

Agradecimiento que hago extensivo a la Editorial de nuestra Universidad, por hacer realidad una vez más el sueño de que el estudiantado encuentre publicados sus relatos; a la Oficina de Gestión de la Comunicación por su ayuda en la difusión y publicidad de este certamen; y a todo el personal de la biblioteca, siempre apoyando los proyectos de la Biblioteca.

Solo me queda felicitar a las y los premiados y dar las gracias a todo el estudiantado que se ha presentado, animarlo a seguir escribiendo y a llenar nuestras bibliotecas de sus historias, sin ellas todo esto no sería posible.

Y ahora toca leer y disfrutar de cada relato, les invito a adentrase en estas narraciones,-historias en las que descubrirán sin duda geniales escritores y escritoras.

Olga Moreno Trujillo
Directora de la Biblioteca de la Universidad
de Granada

Juan Ignacio Sánchez Ortiz

Vida, pasión y muerte del Polo Wanchope

Vida, pasión y muerte del Polo Wanchope

Juan Ignacio Sánchez Ortiz

Los personajes de este relato, son ficticios.

Hotel La Reina; Brooklyn (Nueva York); 7 de julio de 1957. La habitación no tiene ventanas. Durante la noche, un calor húmedo ha trepado hasta el techo, desde donde ahora se descuelga pesadamente. La luz eléctrica, reflejada sobre los oscuros charcos rojizos del suelo, emite un sonido mecánico. Sobre el suelo, junto a la cama, yace semidesnudo el cuerpo treinta veces apuñalado de Paulo Hernán Wanchope Rodríguez, *aka* «el Pajarito Wanchope», *aka* «el Polo Wanchope». La firmeza con que las manos del Polo se agarran a la sábana, que desciende desde la cama en forma de violenta cascada ensangrentada, muestra la tensión contenida con que este recibió a la muerte. Las pupilas, difuminadas en una mancha de ceniza azulada, miran serenas hacia donde miran las formas muertas de quienes en vida transitaron entre vivos y muertos. César Wanchope Estrada, *aka* «Don César», padre del Polo, fue el primero en encontrar el cuerpo. «Me mataron al Polo», repite, trémulo, con una voz que no es la suya, «Me mataron al Polo». Detrás, en comedido silencio, Fernando Gonçalves, *aka* «Nuno», viejo amigo de la familia Wanchope y entrenador del Polo, quien dio aviso a las autoridades.

Esta noche, «el Pajarito» Wanchope, que murió sin emitir ni un solo lamento, disputaba a un irlandés —de rostro llamativamente deformado— el título mundial de los medios. El Polo llegaba al Garden imbatido, con veintiuna victorias, todas por nocaut, más de la mitad en el primer asalto. Pero, en la velada de hoy, no habrá en el Garden gargantas iracundas, ni puños apretados, ni pulsos agitados, ni miles de almas queriendo escapar por entre las gargantas de sus anónimas, anodinas envolturas. Esta noche, el Garden, preñado de muerte y silencio, mantendrá sus puertas cerradas.

Sede central de la Policía de Nueva York; Manhattan (Nueva York); 10 de julio de 1957. El anciano del reparto entra en el despacho arrastrando su pierna muerta y, sin mirar al jefe —absorto, como cada mañana, en la lectura de La Sagrada Escritura—, deposita sobre el escritorio un sobre cerrado. Cuando el reloj de pared marca las nueve horas en punto, el jefe cierra ceremoniosamente su vieja Biblia, besa la piel arrugada de su lomo y la guarda en el cajón, junto a su pistola. Luego, con paso lento, se dirige al perchero de la esquina y extrae de la chaqueta que cuelga un frasco metálico; accede al pequeño aseo del despacho y, sin accionar la luz, bebe; bebe un larguísimo trago de escocés. Una lengua de fuego se sacude en las paredes de su interior. Se sube las mangas de la camisa hasta la altura de los codos y, tras inclinar la cabeza bajo el grifo, deja correr el agua fría por el cuello. Detiene la mirada ante el espejo y valiéndose de la poca luz que entra desde el despacho inspecciona su rostro. El jefe encuentra buena parte de su bienestar emocional en el orden geométrico de las cosas. Al perderse en la contemplación de las cada vez más largas y profundas arrugas rectilíneas que surcan sus duras facciones experimenta una grata sensación. Otra vez, recurre a la paz geométrica que guarda en su frasco metálico. Pero, nuevamente el caos logra abrirse camino entre los pensamientos geométricos del jefe: recuerda el violento vaciado de sangre que sufrió el cuerpo del Polo; el extraño gesto de contención marcado en su rostro; la silueta ensangrentada que quedó estampada en el suelo; el intenso olor a sangre que expedía la habitación y que, desde entonces, parece haberlo impregnado también a él. Ni el personal del hotel ni otros clientes escucharon nada. No estaba el Polo acompañado por nadie y, sin embargo, alguien entró en aquella habitación sin ventanas y perforó treinta veces a un hombre que, en caso de necesidad, se habría bastado de sus puños para derribar a un caballo desbocado. Contrariado, el jefe vuelve a detener la rueda de sus pensamientos con otro trago. Ahora, recurre a la geometría de su peine de bolsillo. Repasa la raya de su peinado con severa precisión. Examinar el perfecto perfil de su cabeza brillante, reordenada, le tranquiliza. Vuelve al sillón. Ahora imagina a un Polo

Juan Ignacio Sánchez Ortiz

vivo, con los puños todavía en alto, concentrado ante la secuencia de violentos espasmos con que la muerte sacude al caballo en el suelo. Finalmente, el jefe abre el sobre. De su interior extrae el informe preliminar del estudio médico forense practicado al cadáver del Polo: *1) La víctima fue agredida en la zona del tórax con arma blanca hasta en treinta ocasiones. Causa de la muerte: hemorragia interna por lesiones mortales en corazón y pulmones. 2) Las heridas, de tipo punzante, fueron ocasionadas por un instrumento cilindro-cónico de punta afilada (punzón o similar) y diámetro de 12,5 milímetros. Se presume que fue empleado un único agente vulnerante. 3) No se han localizado restos biológicos de terceros ni en el lugar de los hechos ni en el cuerpo de la víctima. Tampoco ha sido posible determinar la complexión, altura, peso u otras características físicas del autor o autores.*

Sin levantarse del sillón, el jefe vuelve a introducir el informe en el sobre y, extendiendo hacia atrás el cuello, dibuja un grotesco arco e ingiere el resto de escocés. Sobre su pensamiento se descarga una violenta tormenta de punzones. Aturdido, abre el cajón: busca con los dedos la armonía rectangular de su vieja Biblia.

***Soda*[1] San Bosco, Mercado Central; San José (Costa Rica); 10 abril de 1956.** El cableado eléctrico se extiende en una maraña deforme por encima de

1. Voz costarricense: establecimiento popular, donde se venden comidas y bebidas.

los puestos de venta. Las tenderas del Central van acomodando las mercancías. Aún no ha amanecido y la noche se desperdiga en su último trazo a través de la gran nave. Las persianas se van abriendo aquí y allá. Los diferentes olores a pescado, fruta madura y especias se entremezclan en uno solo, intenso y único. Una estampita de la Señora de los Ángeles, conocida como «la Negrita», custodia el *soda* San Bosco. Como cada amanecer, el Polo es el primer cliente. Detrás del mostrador la señora Tusa prepara café y arroz con plátano frito. Acomodado en la esquina del local, el Polo contempla la imagen de la «Negrita» abandonado a esta momentánea suspensión del tiempo, tan diferente de la severa rigidez impuesta por el tiempo del *ring*. Porque el *ring*, como el viejo Nuno insiste con voz desgastada, es una cuestión de tiempo y espacio: «...tiempo y espacio, Polo, tiempo y espacio. Solo quien entienda y resuelva esas dos variables se hará con la victoria.» Así es como el viejo Nuno incide en la necesidad de que el Polo domine con estricta precisión el momento exacto en que, durante un combate, es necesario avanzar, retroceder, respirar, cubrirse o atacar. A pesar de que sus rivales suelen demostrar un conocimiento y experiencia avanzados en tal sentido, a medida que el reloj corre, siempre terminan por desmenuzarse en la imprecisión. Pero el Polo nunca es impreciso en cuanto al tiempo y al espacio del cuadrilátero. Nuno se encarga de recordárselo constantemente. El Polo solo se muestra impreciso cuando él mismo decide que así sea: «...porque el tiempo...», piensa el Polo, «...el tiempo está roto y por eso no existe...»

Juan Ignacio Sánchez Ortiz

La señora Tusa, una vieja negra que triplica en
volumen al Polo, planta frente a este una taza de café
amargo y, mientras se vuelve arrastrando la pesadez
de sus carnes hacia el trajín de los fogones, resuella:
«Dicen que se marcha para los Estados Unidos, que
van a que le hagan monarca allá.» Indiferente a las
palabras de Tusa, el Polo comienza a beber de la taza
humeante a pequeños sorbos, concentrado en la imagen
de «la Negrita», que anuncia el advenimiento del fin
del mundo. «¿Qué es ese cuento?» Tusa, insistente,
vuelve a la carga: «¿Acaso ya no le quedan más *ticos*[2] a
los que seguir pateando acá?» Alguien sube la persiana
del puesto vecino al San Bosco haciendo un ruido
desagradable, como rajando el aire, lo que termina
de quebrar la ensoñación del Polo. Finalmente, y tras
un silencio prolongado sin despegar la mirada de «la
Negrita», el Polo acaba por dirigirse a la señora Tusa:
«Y ella —pregunta inclinando el mentón ligeramente
hacia la imagen de «la Negrita»—, ¿qué le dice?»
La señora Tusa se vuelve hacia el Polo buscando su
mirada: «Me dice lo mismo que le viene diciendo a
usted: *que no se vaya.*»

El Polo permanece en silencio, alojado en un
pensamiento del que no puede librarse: el tiempo
está roto y, por ello, no importa irse o quedarse,
porque ni se siente vivo ni muerto, ni hay ahora ni
ayer ni tampoco mañana. Y ese pensamiento aplas-
ta a los otros y los apila, como ideas muertas, uno

2. Voz costarricense. Sobrenombre coloquial con que se
designa a quien es natural de Costa Rica.

sobre-otro-uno-sobre-otro, hasta formar una muralla de cadáveres sin olor, sin rostro y sin forma. Y todo lo que llega de fuera viene a estamparse contra esa barrera y se transforma en ruido.

Diario del Polo; sin fecha. Los otros quieren que yo pelee; que cosa para ellos con mis puños la percepción que tienen del tiempo; pero ¿qué tiempo?, ¿con qué puños? Yo peleo contra el ruido, ese ruido líquido que se me mete por debajo de la piel y luego cristaliza dentro de mi cabeza, en un dolor helado que solo se afloja cuando dejo que se me atollen a trompadas. Y así, un nuevo dolor brota en mi costado y se extiende por el resto de mi cuerpo hasta cubrirlo por completo; un dolor legitimado por mi oficio de boxeador, ¿verdad?; un dolor aceptado y anhelado por miles de bocas y ojos y puños en alto y que, pertenece, ahora sí, a un tiempo concreto: el tiempo de los otros.

Mis oídos son dos corazones que bombean sangre desquiciadamente. De mi ceja abierta chorrea sangre. La veo caer a la resina, roja y limpia, como si saliera de un grifo abierto. Y es entonces cuando algo parecido al silencio me abraza durante un instante; un instante robado al tiempo de los otros que me hace caer. Envuelto en sangre y en ese algo parecido al silencio me arrastran hasta la esquina, donde la voz desgastada de Nuno vuelve a tomar forma y hace que todo recomience: «Tiempo y espacio, Polo, tiempo y espacio.» Pero ¿qué tiempo, Nuno?, ¿con qué puños?

Juan Ignacio Sánchez Ortiz

Entrevista a Fernando Gonçalves; archivo sonoro de *The Ring*; 15 de diciembre de 1977. «No es que hablara poco el Polo, era más bien que no sentía la necesidad de comunicarse. Incluso ahora que me pregunta por él, me cuesta recordar su voz, pues el Polo no malvendía palabras ni tampoco gestos, ¿verdad? [toses]. Ahora bien, lo que no puedo olvidar es su mirada; se bastaba de esa incontestable mirada suya para asomarse al mundo con la autoridad de una divinidad africana. La mirada del Polo era como un latigazo invisible con que ahogaba todo lo que con ella alcanzaba...»

[fragmento inaudible] «...no se valía de la lengua para hablar, sino de los ojos, ¿verdad? Aunque la mirada del Polo era indescifrable, pues con ella transmitía estados que eran contrarios. Así, una misma mirada del Polo podía parecer serena y oscura; mansa y fiera; clemente y castigadora; indiferente y entregada; distante e inquisitiva...Y con esa mirada, el Polo arrastraba a cualquiera que se le cruzase al limbo de su propia vulgaridad. Fue por eso que las élites blancas que controlaban el circuito, dolidos por cómo el Polo los miraba, empezaron a extender la falacia de que era un sonado, ¿verdad? [golpe de tos prolongado]. Pero, nadie que se hubiera topado con el Polo habría sido capaz de cuestionar su inteligencia sin, con ello, dejar en evidencia la suya propia.»

[fragmento incompleto] «La respuesta es sí: el Polo volaba..., pero, fíjese: de inicio, el Polo se subía al cuadrilátero tímidamente, sin mostrarse, así como un *puntitico* en la lejanía. Después, se dejaba conectar una primera descarga de golpes. Eso le servía para medir a su rival, para comprender sus aspiraciones en cuanto al combate. Y era solo a partir de entonces que comenzaba a mostrarse, ¿verdad? Y entonces el *puntitico* pasaba a ser ya una especie de mancha oscura que se alargaba más y más, hasta descender en forma de hermosa lluvia de golpes con la que envolvía a su rival hasta noquearlo. Era ahí, en ese elegante descenso cuando el Polo dibujaba con sus movimientos un canto a la perfección pugilística. Ahora, dígame usted: ¿acaso no es eso volar?»

Diario del Polo; **sin fecha.** Desde el plano de mi muerte, ya acaecida en el tiempo de los otros, sigo escuchando el ruido: se filtra, gota a gota, entre los fragmentos del tiempo roto con el compás metódico de una enfermedad crónica. Y así, como se desliza la *terciopelo*[3] se desliza también el ruido que, resbaladizo, viene a comer de las pupilas vueltas del pájaro muerto que soy. Y yo dejo que las muerda, que juegue a voltearlas, pues el ruido, al igual que el tiempo, el espacio y que yo mismo, es también una cosa rota y, por tanto, tampoco existe.

Entrevista a Camila Lara; **archivo sonoro de** *The Ring*; **3 de enero de 1978.** «En esta fotografía de acá estamos el Polo, Carlitos y yo. La tomaron durante un viaje escolar. Vamos montados en un busito en que se nos llevaban para conocer el volcán

---

3. Voz costarricense: serpiente muy venenosa cuya piel se asemeja al terciopelo.

Juan Ignacio Sánchez Ortiz

Iguazú. Carlitos y yo somos gemelos y por entonces éramos muy parecidos: unas veces de piel morena, otras veces cobriza, dependiendo de la luz del día o de si era la lluviosa o la seca...y este, siempre los dos tan huesudos. Mamá nos cortaba el cabello muy *cortitico*, por los piojos y por la escasez, ¿verdad? Parecemos tres niños de la calle [ríe]. Fíjese en la cara de mi hermano detrás de las gafas: se moría de puro contento cuando estábamos los tres juntos [corte].»

«Aquello de llamarle "el Pajarito" fue cosa de Carlitos. El Polo estaba apenas recién llegado a San José desde Guanacaste, su provincia natal. A su papá —que era la única familia que le quedaba al Polo— le salió trabajo en San José, este, por cosas del boxeo. Fue entonces que se trasladaron para acá. Carlitos y yo conocimos al Polo en el primer curso de secundaria. Eran los primeros días de clase y los estudiantes vivíamos con intranquilidad la presencia del Polo. Siempre tan solo, tan alejado de todo. No decía ni palabra. Y ya luego estaba aquello de su mirada. Además, el Polo era muy pequeño, muy delgado y muy *afroguanacasteco* [ríe], con lo que, digamos, reunía todos los requisitos para ser objeto de marginación o burla. Los alumnos, además, habían contribuido a engrandecer su misterio inventando historias sobre la dedicación de su padre al boxeo. Pero, de entre todos, fue Carlitos el primero que de verdad se interesó por él. Al principio, y como nos pasaba al resto, ¿verdad?, la figura del Polo le inquietaba, y ya luego empezó a obsesionarle. Y, como ocurría con todas sus obsesiones, acabó por contagiármela a mí también. Sin embargo, por aquel tiempo, Carlitos y yo todavía manteníamos la distancia con el Polo, pues, este...no nos sentíamos autorizados para irrumpir en su misterioso universo interior. Aunque nos moríamos de ganas de hacerlo [ríe].

Fue durante una lección de latín cuando se nos explicó el significado de la locución *rara avis*. Al terminar la clase, mientras recogíamos nuestras cosas, uno chico de Heredia al que llamaban Miraflores comenzó una especie de estúpida canción: *rara avis* Wanchope, *rara avis* Wanchope...El Polo, como era costumbre en él, ¿verdad?, no pareció ni ofendido ni agraviado y simplemente, como hacía con todo lo que ocurría a su alrededor, no mostró reacción alguna. La indiferencia del Polo hizo que se unieran más voces a la chanza que, entre las risas nerviosas y el griterío, comenzó a sentirse cada vez más fuerte en el aula. Vi que mi hermano temblaba de puro nervio y, esperando una reacción del Polo que no llegaba, se quitó las gafas lentamente y, tras deposi-tarlas con fingida calma sobre el pupitre, se lanzó, ya casi con espasmos incontrolables, contra el feliz cupletista. Se armó un enorme *colocho*. De repente, un círculo de alumnos enfebrecidos rodeó a los dos contrincantes mientras se agarraban a trompadas. Y este, yo, instintivamente, intenté traspasar el círculo para rescatar a Carlitos, pero un codo me lo impidió. Y pues...acabé tirada en el suelo, sangrando por la nariz, desde donde vi que el Polo, muy serenamen-te, se levantaba de su pupitre y se dirigía al círculo. Algunos de los muchachos le plantaron cara, pero el Polo, imperturbable, despachaba a quienes le salían a su paso con golpes secos y directos, como quien se aparta moscones de la cara al entrar a un corral. Avanzó dejando tras de sí un reguero de almas rotas. Al plantarse frente a los dos oponentes, estos se desengancharon, expectantes, como si estuvieran ante el mismo Cristo resucitado. El Polo, sin decir palabra, levantó a Miraflores, que le doblaba el peso, y lo lanzó contra los pupitres del fondo, haciendo que volara varios metros. Miraflores quedó inconsciente durante algunos segundos. Y, claro, fueron segundos muy tensos hasta que el chico volvió en sí, ¿verdad? Aquel día Miraflores aprendió la lección más valiosa de su corta vida académica ¡Pura vida! [ríe]. Esa fue la última vez que vi al Polo pelear. Fue expulsado durante cuatro semanas. A su vuelta, ningún alumno se atrevió a dirigirle la palabra; ni tampoco a mi hermano o a mí. Y así fue como el Polo, Carlitos y yo nos hicimos inseparables, ¿verdad? El Polo nos llamaba "los Lara", como si fuéramos una única persona. Y Carlitos, como una derivación cariñosa de *rara avis* Wanchope, empezó a llamarle "el Pajarito" Wanchope...Y después seguí yo. Y luego, pues ya vio usted, el mundo entero.»

Diario del Polo; sin fecha. Finalmente, el tiempo desapareció. Desperté en la vieja casita de Guanacaste. Fue a la hora de la Aurora: las agujas sonrosadas se detuvieron y el día ya nunca terminó de llegar. La mayoría de la población, cegada por el pánico y la culpabilidad que acarrea la mera existencia, corrió a esconderse bajo el mar. Playa Hermosa se convirtió en una ciénaga de aguas estancadas, sin olas ni mareas, tintada del color de lo abominable. Veo emerger cadáveres que forman cúmulos de henchida carne violácea que discurren lentamente hacia ninguna parte. Vi emerger el cadáver de papá. Vi emerger el cadáver de Nuno. Vi emerger el cadáver de un irlandés de rostro llamativamente deformado. Y vi emerger otros tantos, pero no el de «los Lara».

Son los locos quienes, liberados al fin de la tiranía de la cordura, vagan impunes por las calles abandonadas preguntándose más que nunca qué es lo que se deben preguntar. Sus voces, alegres y atrofiadas, entonan cánticos espontáneos que se me figuran como rituales de adoración a lo que quiera que haya detrás de la inmovilidad sonrosada del nuevo cielo. Yo, por mi parte, cerré las ventanas, sellé cada rendija y me encerré en la vieja casita. Alrededor de esta, centenares de golondrinas chillan formando una densa masa oscura que viene y va. Algunas, cada cuanto, pierden su radar aéreo y vienen a estamparse contra las ventanas selladas que se van cubriendo con su sangre, su escasa carne y sus plumas negras. Oigo a los locos que, dueños en exclusividad de todo lo que atañe al exterior, ríen y lloran celebrando cada nuevo impacto. ¿Cuántas golondrinas había escondidas en esta parte del mundo? ¿Cuántos locos? Y ustedes, ¿dónde quedaron?

Hotel La Reina; Brooklyn (Nueva York); 6 de julio de 1957. Despertó en la oscuridad violentamente, sobresaltado por la consciencia repentina de su propia existencia. Esperó en la cama sin moverse hasta que una línea de penumbra azul quedó dibujada bajo la puerta. Había elegido una habitación sin ventanas, porque el Polo, como explicaría Don César a los responsables policiales, no soportaba la luz: «Elegimos un hotel tranquilo, alejado de bullicios que entorpecieran su descanso. Sin ventanas al exterior. El Polo no soportaba la luz. Él se alojaba acá, solo; y nosotros, dos cuadras más abajo. Nuno y yo veníamos por él cada mañana, para el entreno, y después lo traíamos de vuelta, ¿verdad? El Polo vivía rutinariamente, como un pajarito; solo encontraba la tranquilidad cuando estaba alejado de todo: de la luz, de Nuno e incluso de mí.»

Desde la cama, los ojos de criatura abisal del Polo sondan ahora las profundidades de la oscuridad. Mañana se enfrentará al irlandés de rostro llamativamente deformado y, unos días después, volverá a San José. Y una vez allí, buscará a «los Lara»; luego, viajará hasta Playa Hermosa y se ocultará entre los pliegues de sus atardeceres...Y cuando Nuno vaya en su busca, le dirá que ya no volverá a pelear más y verá los ojos apretados de Nuno leyendo sus labios: «No puedo coser el tiempo, Nuno. Nadie puede»

Antiguo hotel La Reina; Brooklyn (Nueva York); 31 de enero de 2024. Sobre la pared lateral del edificio de ladrillo que durante cuatro décadas albergó el hotel La Reina se alza imponente un monumental grafiti (12 x 7 m.). La obra, ejecutada por el Colectivo Koda, representa la lamentación ante el cuerpo sin vida del boxeador costarricense Paulo Hernán Wanchope Rodríguez, cuyo asesinato, cometido en 1957 en este mismo lugar, nunca fue resuelto.

A los pies del púgil aparece arrodillado su padre, César Wanchope (notas policiales: «costarricense, negro, estrafalario y con modos de invertido») sobre cuyos hombros hundidos reposan las manos compasivas del viejo Fernando Gonçalves (notas policiales: «costarricense, mestizo, guía psíquico y espiritual de la víctima»). Las características físicas de los tres hombres, así como la disposición espacial de estos en la escena, responden con extraordinaria precisión al material fotográfico del archivo policial.

En *La lamentación sobre la muerte del Polo*, el Colectivo Koda afrontaba el reto de plasmar con aerosol el tratamiento tenebrista de la luz y la sombra propio de la pintura barroca de inspiración religiosa. Mediante la aplicación de sucesivas capas de color se consiguió crear la penumbra vaporosa que envuelve a las tres figuras —recreadas con dramático realismo— y que oculta los referentes espaciales de la estancia, lo que dota a la pieza de una atmósfera eminentemente sugestiva. Por otra parte, para el Colectivo Koda era prioritario que el rojo intenso de la sangre que ocupan el tercio inferior del mural conectara de algún modo con la obra *Rojo claro sobre rojo oscuro,* de Mark Rothko. Dicha pieza, fruto de la profunda exploración del rojo llevada a cabo por el autor, fue finalizada el mismo año del asesinato del Polo: 1957. Los miembros del Koda, conmovidos por el paralelismo, llevaron a cabo un laborioso proceso de encolado con miles de pequeñas reproducciones en papel de la mencionada obra de Rothko quien, finalmente, acabaría abriéndose las venas en su estudio de Manhattan, en palabras del escritor cubano Severo

Sarduy, «...tratando de derramar el color». En la parte superior de la composición, ocupando todo el ancho de la pared, sobrevuela, amenazadora, una pregunta sin respuesta: «*¿Quién mató al Polo Wanchope?*»

Diario del Polo; sin fecha [ultima entrada]. Todos se habían dado la vuelta a sí mismos. De fuera hacia dentro. Ya no tenían cara. Ni cuerpo tenían tampoco. Eran como enormes chicles masticados y escupidos en mitad de la calle. Pero aquello no fue una dramática orgía de venas sanguinolentas ni vísceras ni órganos del revés. Digamos que fue, más bien, un proceso de reversión hacia la pureza del interior humano donde cada cual parecía haber encontrado la verdadera y más sana de las felicidades; y ello, eso sí, a pesar de haber quedado violentamente deformados. También yo quise ser uno de ellos: me acerqué —tímidamente— a varios de estos afortunados engendros. Uno a uno les hice saber mi interés por el proceso que habían seguido para convertirse en lo que ahora eran y aunque se mostraron cordialmente predispuestos a mantener una comunicación —al menos, hicieron ademán de escucharme—, fueron incapaces de contestarme, pues no tenían boca, y si la tenían, esta había quedado reubicada en algún punto indefinido de su nuevo interior oculto.

Ante la dimensión de ese nuevo estado de felicidad pública, extrañamente consolidado entre los viandantes que discurrían por las calles que rodeaban al hotel y deliberadamente excluyente, me sentí, por primera vez en mi vida, justamente marginado. Cambié de acera y, a ritmo acelerado, me lancé calle abajo. Me interné en la ciudad. Precisaba con urgencia del resguardo de un lugar acogedor que me permitiera analizar *la nueva situación*. A mi paso brotaban edificios de fachadas deterioradas, envueltas en incontables capas de partículas contaminantes, a cuyos pies se sucedían locales de estética hostil. A través de la ventana inspeccioné uno de estos locales. Dentro había muy poca luz. Al final de un largo mostrador encerado divisé a un cantinero solitario que secaba vasos con parsimonia. Tenía cara de muerto y las extremidades largas y muy delgadas, como ese insecto que se confunde con un palo. Al entrar nadie reparó en mí; todos miraban la pantalla de un pequeño televisor en blanco y negro que colgaba de la pared. Se emitía el combate entre el Polo Wanchope y el irlandés de rostro llamativamente deformado. Lamentablemente, no tenía tiempo de prestar atención. Pedí un café y me situé en la parte más alejada del mostrador. Me centré en el asunto que me había llevado hasta allí: ¿cómo habían llegado aquellas criaturas a ese estado de deforme plenitud existencial?, ¿por qué se me negaba la posibilidad de participar de ese sobrevenido éxtasis? La paz clerical de aquel lugar me ayudó a reordenar mis pensamientos. Fue entonces cuando una fuerza innombrable me reveló la causa de mi incapacidad para lograr la transmutación hacia mi felicidad interior: yo carecía de esa fe en lo desconocido que el resto de la humanidad sí parecía ostentar. Yo, simplemente, nunca podría darme la vuelta a mí mismo por mi falta de fe en todo. Habitualmente, había sido marginado por ser *negro*, *muy negro* o *insuficientemente negro*; también por ser *insuficientemente blanco* o *no-blanco*; en otro tiempo, por ser *pobre* o *muy pobre*; luego, por ser *rico*; a veces, por *hispanoamericano*; incluso, por *flaco* o *callado*; y, últimamente, por *transitar a mi antojo entre vivos y muertos, sin respetar espacio ni tiempo*. Pero, nunca, hasta ahora, había sido marginado por *descreído*. Asumido lo cual, me sentí liberado.

Abandoné el local. Me apetecía vagar. Me sentía, como se dice, con ganas de todo. Pensé que era el momento de cerrar algunos asuntos pendientes. Fui a visitar a un viejo artesano, maestro en la fabricación de ataúdes. Revisamos ciertos encargos que le había hecho en el pasado. El maestro, de baja estatura, se subió a una desgastada banca y me tomó medidas. Como entrega a cuenta saqué de mi bolsillo un puñado de billetes húmedos que deposité sobre unos tablones sin lijar. El puñado de billetes quedó desarrugándose mientras conversábamos. Pregunté al viejo artesano por la *nueva situación* que se vivía en la calle. No sabía nada. Le invité a presenciarla. «No tengo tiempo. Estoy hasta arriba de trabajo», se excusó. Me preguntó por el combate de aquella noche. Le dije la verdad: «No pude seguirlo». «Ese Pajarito Wanchope ha vuelto de entre los muertos para ganar su título de monarca mundial y yo, entre tanto ataúd, me lo he perdido», se lamentó. Nos despedimos.

Antes de volver a La Reina, me dirigí al cercano puente de Brooklyn. Caminar a través de él me ayudaba a dormir. Pero aquella noche, por más que busqué y rebusqué el hasta entonces omnipresente puente, ya no pude encontrarlo. Me volví a La Reina con la señal de una incertidumbre nerviosa en el estómago. Pasé el resto de la madrugada vomitando violentamente. Al amanecer, desvelado y ansioso como un animal que percibe el desastre, me lancé nuevamente a la búsqueda del puente. Entonces, la tragedia se magnificó: ya no solo no pude localizar el malogrado puente, sino que, junto a él, también se me había perdido el resto de la ciudad. Entendí que ya no solo era el tiempo lo que estaba roto: ahora, también el espacio se fragmentaba.

Resignado, puse rumbo a La Reina para redefinir allí alguna estrategia que me ayudara, otra vez, a escapar de *la nueva situación*. Pero, tristemente, y por más que busqué, tampoco ya pude encontrar aquel hotel que hasta entonces había sido mi casa. Caminé. Seguí caminando. Y a cada uno de mis pasos, la noche se iba desdibujando haciéndose más negra y pesada cada vez. Después de tanto caminar hacia ninguna parte elegí un lugar en medio de la nada donde me detuve desolado. Me apoyé contra una pared cualquiera. Y allí, contra aquella pared, pude sentir cómo la noche se apretaba contra mi pecho, como queriendo empezar a devorarme.

Clara Aragón Tello

La noche
de San Juan

La noche de San Juan

Clara Aragón Tello

24/06/1981
Ponte Maceira, A Coruña.

Aquella mañana de junio Iago se despertó sobresaltado. El despertador marcaba las 07:30. No podía
recordar que ocurría en su sueño que tanto le había
hecho sudar, pero seguro que no era nada agradable.
Hacía cuatro días que las clases habían terminado en
Galicia, pero en casa de los Páez no había vacaciones. Su padre era aceñero, al igual que lo había sido
su abuelo y su bisabuelo. Cada mañana, Xosé Páez
se encaminaba al molino de agua, ubicado a orillas
del río Tambre, para pasar una jornada completa
supervisando la molienda de trigo.
Su oficio gozaba de mucho prestigio en la zona, ya
que los aceñeros eran los encargados de proporcionar

harina al pueblo y, por ende, los que impedían que sus gentes muriesen de hambre.

No habría dormido más de dos horas, dado que la noche anterior había estado saltando hogueras con sus amigos en la plaza del pueblo y degustando una buena *sardiñada*. Su hermano dormía plácidamente en la cama contigua, aún con las botas puestas. Cosme, dos años menor que él, era un muchacho vivaz y aventurero que no paraba quieto en casa. Su mayor sueño era amasar una gran fortuna e irse del pueblo para ver mundo y no volver jamás. Según él, Ponte Maceira era un lugar en el que no se podía prosperar y su familia una panda de conformistas que no aspiraban a nada más que a comer empanada de pulpo toda la vida. A pesar de todo, ambos hermanos ayudaban a su padre siempre que podían en el molino, porque ya se sabe que no todo lo que se desea en la vida se consigue y lo más probable es que acabaran sucediendo a su padre como aceñeros en lugar de recorrer el mundo.

— ¡Despierta, Cosme! —le susurró Iago, sacudiéndolo suavemente—. Como no lleguemos a tiempo padre nos va a matar.

— Dile que estoy enfermo.

— ¡Tendrás morro! Seguro que ayer te bebiste hasta el agua de los floreros y ahora no vales con tu alma. —Lo zarandeó con fuerza—. Ni la ropa te has quitado, so guarro.

— No es eso. ¡Déjame en paz! He dicho que hoy no voy.

— Padre te va a moler a palos —le espetó Iago, cerrando de un portazo.

El reloj de la cocina daba las 08:00 cuando Iago se sentó a desayunar un vaso de leche y un trozo de *larpeira* que su madre había preparado la noche anterior. Su padre ya llevaba diez minutos en el molino y eso significaba que lo recibiría en el mejor de los casos con un «¡Carallo! ¡Menudas horas de llegar!» y en el peor, con un guantazo. Agarró otro trozo del bollo y lo metió en el morral antes de salir por la puerta. Necesitaría fuerzas extra para aguantar a su padre aquel día cuando le dijera que Cosme no iba a ir a faenar.

Mientras cruzaba el puente que daba nombre a su pueblo, Iago se acordó de la historia que le contaba siempre su abuela al calor de la lumbre. Galicia es conocida por ser un lugar mágico y misterioso con una mitología popular vastísima. Tanto es así, que hasta los discípulos del mismísimo apóstol Santiago anduvieron por estos lares hace miles de años en busca del cuerpo de su maestro y cruzaron el mismo puente que Iago cruzaba en ese preciso instante. Cuenta la leyenda que eran perseguidos por unos fieros romanos cuya intención era acabar con sus vidas cuando buscaban los restos del apóstol. A punto estaban de ser capturados, cuando cayó un rayo que partió el puente en dos y libró a los discípulos de su fatal destino. A Iago le encantaba oír esa historia de boca de su abuela, porque siempre la tergiversaba de alguna manera y porque cuando éste le decía que aquello era mentira, pues el puente estaba perfectamente, a la *avoa* Anxela se la llevaban los demonios. Su abuela era medio *meiga,* como le gustaba autodenominarse, y todo el mundo había acudido alguna vez a su casa para que le quitara un mal de ojo, le leyera la mano, le diera un tipo de planta en concreto que le curase *nosequé*... Iago no creía en la magia y siempre se reía de todos esos que iban a ver a su abuela con la cara descompuesta.

— ¡Carallo! ¡Menudas horas de llegar! —le saludó su padre— Los jóvenes de hoy en día solo sabéis estar en la cama —rezongó—. ¿Y tu hermano?

— No viene, dice que está enfermo.

— ¿Enfermo? —dijo entrecerrando los ojos—. Gandulitis aguda tiene ese, ya verás cuando le dé con el cinto como sana de golpe.

Iago se encogió de hombros y no intercambiaron más palabras. Su padre era un hombre más bien hosco, nunca les había mostrado un gesto de cariño y cualquier problema se resolvía a voces y con un bofetón. Iago había aprendido a callar delante de su padre, pero a Cosme esa lección no le entraba en la cabeza y casi cada día andaban como el perro y el gato.

— ¡Oye, Iago! —le dijo a modo de saludo Adrián, el ayudante de su padre— Anoche vi a tu hermano corriendo como un poseso a tu casa con una flor metida en un tarro. Le llamé, pero me dijo que llevaba mucha prisa. Espero que ayer no se metiera nada raro en el cuerpo, ya me entiendes...

— Mi hermano no se mete nada y de lo de la flor esa que me dices no tengo ni idea. Ya le preguntaré cuando vuelva.

— No te ofendas, hombre. Solo que me pareció raro, nada más.

De camino a casa, Iago se acordó por fin de lo que sucedía en su sueño. Miles de duendecillos lo perseguían por todo el pueblo e intentaban darle pequeños mordisquitos cuando lo alcanzaban. ¡Vaya tontería! No entendía como lo había podido pasar tan mal hasta el punto de levantarse asustado, si tenía hasta gracia.

— ¡Buenos días, mamá! —exclamó Iago, entrando en casa— ¡Qué bien huele! ¿Qué hay para comer?

— Hola, cariño —le respondió amable—. Pues hoy tenemos lentejas y para Cosme cachopo.

— ¿Y eso? ¿Por qué Cosme va a comer cachopo? —preguntó Iago muy sorprendido—. Si eso solo lo haces en ocasiones muy especiales.

— Es que me ha pedido que se lo prepare.

— ¡Entonces yo también quiero cachopo!

— De eso nada. —Niega con la cabeza—. Comerás lentejas como tu padre y como yo.

Iago subió las escaleras de su casa echando humo, preparado para cantarle las cuarenta a su hermano. No entendía como todo le salía bien a ese chaval, ¡si era un cero a la izquierda!

— Oye, tú. ¡Te vas a enterar! —Entró Iago gritando— ¿Cómo te atreves a escaquearte del trabajo? Y no sé cómo habrás conseguido que mamá te prepare un cachopo, pero eso me lo voy a comer yo, que me lo he ganado. ¿Te enteras?

— ¿No puedes verlo? —le preguntó Cosme atónito, como en *shock*.

— Solo veo la cara tan dura que tienes.

— ¡Quiero que Iago se calle! —exclamó Cosme.

De repente, Iago se encontró con que no tenía nada más que decir, incluso había olvidado por qué se había enfadado en un primer momento. Como no entendía muy bien qué hacía en su habitación, dio media vuelta y bajó a la cocina donde lo esperaban sus padres para comer.

En los días siguientes, Iago empezó a sospechar que algo no estaba del todo bien con su hermano. Se le veía más feliz de lo normal, y ya no se quejaba de su vida en el pueblo. Su padre no le gritaba ni le apaleaba, su madre hacía todo lo que le pedía con una sumisión absoluta, en el pueblo todo el mundo le obsequiaba con cosas cada vez que salía de casa: una docena de huevos por aquí, un kilo de manzanas por allá... A veces, Iago se sentía incómodo en su presencia, parecía que había obtenido poderes mágicos y podía controlar a la gente a su antojo. Sin embargo, el peor momento era por la noche. Iago notaba una presencia extraña en la habitación, como si algo o alguien lo estuviera observando. Una de esas noches, Iago se despertó por el grito de dolor de su hermano.

— ¿Qué pasa? —preguntó asustado—. ¿Por qué gritas?

— Nada, nada. Estaría soñando, vuelve a dormirte —contestó quedamente Cosme, frotándose el pie.

La respuesta de Cosme no había sonado para nada convincente y reforzó la idea de Iago de que su hermano estaba ocultando algo. No se durmió de inmediato y esperó por si algo más ocurría. Efectivamente, pasados cinco minutos oyó murmurar a su hermano en la cama contigua, como si estuviera hablando con alguien. Iago prefirió callar en ese momento e intentar conciliar el sueño, ya mañana le preguntaría al respecto.

De alguna manera, Cosme había conseguido que le conmutaran la pena de ir a trabajar al molino todas las mañanas. A pesar de todas las horas que dormía, siempre se levantaba con unas bolsas muy oscuras alrededor de los ojos. Iago no comprendía qué estaba pasando con su hermano, pero cada vez que le preguntaba se encontraba con una respuesta vacía o simplemente no recordaba de qué estaba hablando con Cosme en primera instancia, como si una niebla se interpusiera entre ellos.

En su habitación se acumulaban objetos de diversa índole que Cosme había obtenido de los vecinos porque, según él, lo apreciaban mucho. Era como si hubiera tenido un golpe de suerte permanente y todo lo que deseara el universo se lo pusiera en bandeja. El colmo fue el día que Iago volvía de faenar en el molino y divisó a lo lejos a su hermano con Ada, cogidos de la mano debajo de una noguera. Ada era la chica más bonita de Ponte Maceira y por la que Iago había estado colado durante su corta vida. «¿Cómo demonios habría conseguido Cosme salir con ella?», pensaba Iago desesperado. Si su hermano era más bajito, más feo y más tonto que él. Definitivamente algo no estaba bien. Tenía que hacer algo para frenar la racha de buena suerte tan sospechosa de su hermano. Inconscientemente puso rumbo a la casa de su *avoa* Anxela. Ella sabría que hacer.

La *avoa* Anxela tenía 93 años, oriunda de Ponte Maceira, de padre portugués y madre compostelana. Sabía hacer de todo, menos escribir. Había conocido la guerra, el hambre, la pobreza… pero nunca nada había podido con su espíritu luchador. Era una mujer que con su edad se negaba a usar bastón porque, según ella, eso era de «viejo pellejo» y ella estaba como una rosa. Sin embargo, no solo era conocida en el pueblo entero por sus empanadas de pulpo, sino por ser medio bruja.

— ¿Quién? —dijo una voz quejumbrosa al otro lado de la puerta.

— Soy Iago, abuela. Vengo a verte un rato.

— ¡Ay, pájaro! Ya te habías olvidado de esta vieja, ¿eh?

— Lo siento mucho, abuela —se excusó—. He estado muy liado con las clases y el molino.

— ¡Pasa, *carinho*! —le dijo con dulzura en portugués—. Tengo empanada de pulpo en la mesa, ¡comete un trozo! —Y añadió como solo las abuelas saben decir—: ¡Qué estás *esmirriao*!

— Gracias *avoa*.

— ¡Uy, qué cara me traes! —dijo estudiando a su nieto— ¿Mal de amores? Ya sabes que mujer que tiene dueño, ¡ni en sueño!

— No es nada de eso, abuela. Verás... —empezó Iago— No sé cómo explicártelo.

— ¿Es por tu hermano?

Iago la miró extrañado. ¿Es posible que Cosme ya hubiera ido a hablar con ella? A fin de cuentas, si hubiera hecho un pacto con el diablo, la abuela sería la única que sabría cómo deshacerlo.

— Bueno, sí... —musitó—. Lleva unas semanas muy raro. Todo el mundo le regala cosas, padre lo trata bien, mamá hace todo lo que él manda... ¡Es como si tuviera poder sobre todos nosotros!

— Algo oscuro lo rodea, sí. —confirmó la abuela, arrellanándose de nuevo en su butaca—. Me di cuenta la tarde que vino a traerme unos huevos. No era el Cosme de siempre. Estaba muy desmejorado físicamente, pero lo que más me preocupó fue su mirada: ¡pedía a gritos que lo ayudase!

— ¿No te dijo nada de lo que le pasaba?

— Nada, *neno* —La cabeza le bailó de un lado a otro—. No consintió soltar prenda. Aunque todo eso que me has contado antes me ha hecho recordar algo que sucedió hace mucho en el pueblo.

Se produjo entre ellos un silencio que a Iago le pareció interminable, incluso pensó que su abuela se había quedado dormida.

— Te contaré una historia que pensaba que había olvidado. Ocurrió hace mucho tiempo ya, cuando yo era mocita. Resulta que había un hombre en el pueblo que se llamaba Bruno, no tenía ni oficio ni beneficio, pero era un buen muchacho y se llevaba bien con todo el pueblo. Vivía de las limosnas de la gente, hasta que un día, de la noche a la mañana, se hizo rico. Al principio no paraba de presumir de su ropa nueva, de su alacena llena de comida, ¡incluso de su coche! Fue el primero en todo Ponte Maceira en tener uno. Se presentó a alcalde y ganó por unanimidad. Se casó con la hija del médico, que en aquel entonces era una proeza. Construyó el colegio en el que hoy estudias en tres días, sí, como te lo cuento, visto y no visto. —Hizo una pausa para coger aire—. Realizó una infinidad de cosas en el pueblo. Sin embargo, poco a poco empezó a estar más demacrado y menos entusiasta. Ya no salía al balcón del ayuntamiento para dar discursos cada tarde. Se volvió receloso y se encerró en su casa. Su mujer estaba muy preocupada por él porque apenas salía de casa y se le notaba muy nervioso, como si algo o alguien fuera a por él.

— ¿Y qué paso luego?

— ¡Calla, *neno*! No seas impaciente —le reprendió—. ¿Por dónde iba? Ah, sí. Un día pasaba yo cerca de su casa a coger agua al pozo, cuando oí que salían de una ventana unos sollozos desgarradores. Resultó que la ventana en cuestión era la de su habitación, y tu abuela, como buena chismosa que era y es, se acercó sigilosamente hasta quedar debajo del alfeizar. Lo que oí en ese momento no lo supe interpretar y tampoco me atreví a asomar la cabeza para ver la escena.

— ¿Qué decía?

— No paraba de repetir dos frases: «dejadme en paz» y «flor del diablo».

— ¿Has dicho flor? —Iago se puso lívido—. Porque casualmente me dijeron que vieron a Cosme con una flor en un tarro en la noche de San Juan, no sé si tendrá mucha relación.

De nuevo un silencio sepulcral entre ellos. La *avoa* Anxela había cambiado de forma imperceptible su semblante. Se ve que la declaración de su nieto había calado en ella profundamente.

— Verás Iago, en mis tiempos se decía:
En la noche de San Juan, nace una flor del color del higo,
quien se la encuentre y la diseque, recibirá un don
[y un castigo.
Tendrá a su disposición, de sirvientes una legión,

cuando aparezcan, no tendrá más opción.
Todo lo que pida, ellos se lo darán,
pero si se aburren, se lo comerán.

No hubo tiempo para discutir, una fuerza invisible tiró de las ropas de Iago hacia la puerta. Este se levantó como un resorte y sin decir ni mu encaminó sus pasos fuera de la casa de Anxela. Su abuela contemplaba la escena perpleja, sin entender qué había dicho para que su nieto la dejara con la palabra en la boca de esa manera.

Iago descorrió el pestillo de la casa y se encontró con la fría oscuridad de la calle. Sin saber cómo, empezó a correr como alma que lleva el diablo, su mente no sabía dónde, pero sus pies sí. Había tramos en los que Iago sentía que, en vez de correr, volaba; como si un par de ángeles lo llevaran cogido por las axilas. Al levantar la vista del suelo se fijó que había llegado a su casa, pero los tirones urgentes seguían ahí y le instaban a pasar y a dirigirse a su dormitorio, allí habría terminado su recorrido. Cuando llegó a su habitación estaba sin aliento y sudoroso. Su hermano lo esperaba sentado en la esquina de su cama, abatido y con la cara descompuesta.

— Iago, tienes que ayudarme —susurró como para sí mismo—. No sé qué hacer. No me dejan en paz.

— ¿Pero qué hago aquí? —preguntó Iago confuso, sin entender muy bien cómo se había teletransportado hasta allí—. Si hace un momento estaba en casa de la abuela.

Iago comprendió al instante que su hermano había corrido la misma suerte que Bruno, el protagonista de la historia de su abuela. Miró a Cosme de arriba abajo, estaba descalzo y unas heridas purulentas asomaban a sus pies.

— Cuéntamelo todo, Cosme. Creo que puedo ayudarte...

— No puedes ayudarme —Gimoteó—. Es una maldición. ¡Jamás me dejarán en paz!

— ¿De quiénes hablas?

— ¡De los diablillos! —le dijo como si fuera obvio— ¿No los ves? Ellos son los que te han traído hasta aquí. Están por todas partes, día y noche, esperando a que les ordene cosas, pero ya no se me ocurre qué pedirles para tenerlos ocupados durante mucho tiempo.

— ¿Y cómo han llegado hasta aquí esos diablillos que dices?

— Yo los invoqué... —empezó— Verás, en la noche de San Juan, mientras todos estabais en la plaza saltando las hogueras, yo me adentré en el bosque en busca de una flor. Un compañero de clase me había contado que había una flor que solo crecía en la noche de San Juan, se llama *Daemonia* y es de color morado. Me dijo que, si la encontraba y la metía en un tarro, al día siguiente habrían nacido de ella unos seres minúsculos que hacían todo, absolutamente todo, lo que les ordenases. Iluso de mí, le creí y esa noche fui en su búsqueda. Estuve toda la noche buscándola sin éxito, pero cuando iba a cejar en mi empeño, me pareció ver a lo lejos un punto de luz muy tenue. Cuando me acerqué, allí estaba, ¿te lo puedes creer, Iago? Parecía que se burlaba de mí. La metí en el tarro y volví corriendo a casa deseoso de comprobar si todo aquello era verdad. Efectivamente, pasadas veinticuatro horas noté como el tarro empezaba a vibrar. No podía creérmelo, cuando me asomé a verlo allí estaban: un enjambre de seres diminutos con alas y cola que me pedían con chillidos que los sacara de allí. No saben hablar, pero lo entienden todo. Empecé a mandarles cosas sencillas como que mamá preparase mi comida favorita o que padre no me regañara cuando volviera del trabajo. No sé cómo lo hacían, pero el caso es que cumplían mi voluntad. ¡Al principio era fantástico, Iago! Pasé de no tener nada a tenerlo todo, si algo que tenía el vecino se me antojaba, solo tenía que pedírselo a mis sirvientes, pero... ¡son insaciables! No comen, no duermen, solo trabajan y si dejan de estar ocupados empiezan a morderme, ¡no veas cómo duele! Tengo los pies destrozados y temo que acaben por devorarme entero... —dicho esto último, Cosme se echó a llorar.

Era la primera vez que veía a Iago llorar.

— ¿Y ese amigo tuyo no te contó cómo deshacerte de ellos?

— No. Creo que es imposible. —Enterró la cara entre las manos—. Fíjate que hasta les mandé ir a Santiago de Compostela a traerme unas *filloas* y a la media hora ya estaban aquí. ¡Media hora nada más tardaron los condenados en ir y volver! Esto es un sinvivir, Iago. Ayúdame, por favor.

— ¿Están ahora mismo aquí?

— No, los acabo de mandar a Navarra a por un Rioja. Espero que tarden en volver.

Clara Aragón Tello

— Tenemos que ir a ver a la *avoa* Anxela, ella sabrá qué hacer. De hecho, cuando me mandaste buscar estaba contándome una historia muy similar a la tuya que ocurrió hace muchos años en el pueblo.

— ¡No me digas! ¿Y cómo se arreglaba?

— Por eso tenemos que ir a verla, porque no me la ha terminado de contar. —Iago le dio un abrazo—. ¡Ánimo, hermano! Seguro que esto tiene solución.

Los dos hermanos pusieron rumbo a la casa de Anxela. Cosme cojeaba y renqueaba puesto que tenía los pies llenos de llagas que rezumaban un pus viscoso y maloliente. Se le notaba inquieto y no paraba de mirar a todos lados, esperando que de un momento a otro su horda de esbirros diabólicos apareciera con el Rioja y con ganas de devorarlo.

Sin darse cuenta, ambos pasaron por la puerta de la casa que en su tiempo ocupó el famoso Bruno. Era una casa de piedra colosal, con tejado de pizarra y portones de madera de cerezo. Llevaba deshabitada muchos años y la humedad había empezado a hacer estragos; aun así, se mantenía igual de imponente y bella que en el pasado.

— ¡Abre, abuela! Venimos a escuchar el final de la historia —gritó Iago desde la calle.

—¿No vendréis también con los sirvientes malignos, no? —fue toda respuesta de Anxela.

Cosme palideció aún más al oír a su abuela decir aquello. Sabía que la gente la consideraba medio *meiga,* pero desconocía hasta qué punto aquello era cierto. No había duda de que, si aquella situación tenía arreglo, su abuela era la única que los podía sacar del apuro.

— Estamos solos, *avoa*. De momento. —respondió dudoso Iago, mirando de reojo a su hermano— queremos saber cómo acabó la historia de Bruno, porque a Cosme...

— No sigas, *neno*. Por vuestras caras puedo ver que Cosme está corriendo la misma suerte que aquel hombre, solo espero que no acabe igual. —Los ojos entrecerrados como rendijas—. Ahórrate la historia Cosme, sé que cogiste la flor de San Juan y ahora tienes un ejército de diablillos que no paran de hacer cosas por ti, pero que no tendrían ningún reparo en empezar a comerte vivo si dejases de mandarles tareas.

Ante tal revelación, Cosme se echó a llorar de nuevo. Era el primer día en toda su vida que Iago veía a su hermano llorar. Ambos tomaron asiento al lado de la lumbre y dejaron que su abuela se acomodara en su mecedora antes de seguir con el relato.

— Bien, ¿por dónde iba? Supongo que Iago te habrá puesto al corriente, pero, en resumidas cuentas, hace muchos años hubo en el pueblo un hombre que, como tú, se hizo rico de la noche a la mañana. Un día toda esa buena suerte se esfumó y empezó a jugar en su contra.

— ¿Pudo solucionar el problema? —preguntó Cosme acongojado.

— Sí, lo solucionó. Se ahorcó en el salón de su casa.

Se produjo un silencio sepulcral. Esa era precisamente la solución que nadie quería escuchar. Ante semejante mutismo, la abuela prosiguió.

— Vuestro bisabuelo, *oséase* mi padre, era en aquel entonces el alguacil del pueblo y al primero que llamaron para denunciar la catástrofe. Él fue el

que lo descolgó de la viga y vivió en primera persona todo el horror. Veréis, el suicidio de Bruno fue
muy sonado en todo el pueblo y alrededores, pero
lo que no trascendió es que tenía los pies en carne
viva, como si una legión de ratas hubiera empezado
a comérselo por abajo. Mi padre estuvo sin pegar
ojo dos meses por aquella visión tan espeluznante.

— ¿Por qué ese detalle no se contó? —preguntaron
los hermanos al unísono.

— En primer lugar, por respeto a la familia. Su
esposa pidió expresamente que se dijera lo mínimo
sobre el suceso. En segundo lugar, por no alimentar
la imaginación de la gente. Era preferible que se
pensase que se había vuelto loco y había puesto fin
a su vida, a que mil diablillos lo hubieran atosigado
hasta su muerte.

— ¡Oh, no! ¡Ya están aquí otra vez! —gritó Cosme temblando como una hoja— ¿Qué les mando
esta vez? ¡No se me ocurre nada! Van a empezar a
morderme. ¡AY!

— Diles que se vayan a contar los granos de arena
de la playa de Santa Cristina —sugirió la abuela.

— Los mantendrá ocupados un día, dos a lo sumo,
pero ten por seguro que volverán. ¡Nada es imposible
para ellos! —respondió Cosme— ¡Marchad a contar
los granos de arena de la playa de Santa Cristina y
decidme el número exacto!

Los diablillos desaparecieron y Cosme pudo por
fin relajarse. Esta vez le habían mordido en el dedo
anular de la mano. No era una herida profunda ni
grande, pero era una advertencia de que la próxima
vez no serían tan indulgentes.

— ¿Qué podemos hacer, *avoa*? Es evidente que Cosme no puede estar toda la vida mandándoles cosas. —Esta vez tomo la palabra Iago—. Además, las heridas de sus pies se están poniendo muy feas, si siguen así podría perder algún dedo, o el pie entero. Y, por supuesto, el suicidio no entra en nuestros planes.

— Sinceramente, no se me ocurre nada que pueda acabar con ellos —contestó Anxela abatida.

— Acabar con ellos. ¡Eso es! Tenemos que matarlos antes de que acaben ellos primero con Cosme.

— No creo que acepten hacer nada que vaya en perjuicio suyo, son demasiado listos y malvados. Estoy segura de que son hasta inmortales. Aunque por probar que no quede, claro.

— ¡La próxima vez que aparezcan les ordenaré que se metan en la estufa! —exclamó Cosme con el ánimo recuperado.

— Bueno, *nenos*, no cantéis victoria antes de tiempo. Id a descansar ahora que están ocupados y tardarán unos días en volver.

Los dos hermanos abandonaron la casa de Anxela cabizbajos y nerviosos. Ya no era solo Cosme el que miraba de un lado a otro, ambos se sobresaltaban a cada ruido que escuchaban. Los diablillos tardaron cuatro días y tres noches en volver. En un papel llevaban escrito la cantidad exacta de granos de arena de la playa de Santa Cristina: 15.089.113.834.297

Cosme y Iago habían estado sopesando durante esos cuatro días cómo acabar con la existencia de esos criados maquiavélicos, así que cuando regresaron, Cosme les ordenó que se metieran de inmediato en la estufa de su casa. Aquello no les hizo ni pizca de gracia a los diablillos que, por primera vez, no acataron las órdenes de su amo y se pusieron a cuchichear entre ellos. Parecía que estaban deliberando si ejecutar o no la orden de Cosme. Llenos de ira al darse cuenta de que su amo intentaba acabar con sus vidas, todos se lanzaron sin piedad a morder sus extremidades. Cosme se retorcía de dolor por el suelo y no paraba de gritar. Iago contemplaba la escena, atónito, pensando que probablemente esos serían los últimos momentos de su hermano con vida si no hacía algo de inmediato.

— ¡Mándalos a cribar agua! —gritó desesperado Iago.

— ¡¿Qué?! —respondió ahogadamente Cosme en el suelo con los brazos y piernas lacerados.

— Cuando éramos pequeños padre nos decía que nos fuéramos a cribar agua al río para no molestarlo, y nosotros como tontos lo hicimos una vez, hasta que nos dimos cuenta de que era una tarea IMPOSIBLE. ¡Vamos, díselo! —le urgió.

— ¡Traedme toda el agua del río con una criba! —exclamó con sus últimas fuerzas.

Los diablillos desaparecieron de la habitación y pusieron rumbo al río del pueblo para cumplir las órdenes de su amo. Cosme yacía inerte en el suelo, los diablillos se habían ensañado con él por su osada petición. De los brazos y piernas corrían regueros de sangre, la ropa estaba hecha jirones y Cosme estaba a punto de perder la consciencia. Iago agarró a su hermano como pudo y lo cargó a hombros para llevarlo a la casa de Don Basilio, el médico del pueblo. Allí trataron sus heridas y le aplicaron decenas de paños húmedos para bajarle la fiebre. Las heridas de sus pies habían empeorado hasta tal punto que habría que amputar tres dedos para parar la gangrena incipiente.

Al día siguiente, todo el pueblo y parte de Santiago se habían enterado del suceso y querían saber qué le había pasado al hijo pequeño del aceñero. Se rumoreaba que había sido atacado por un oso en el bosque mientras paseaba, pero la verdad era mucho más virulenta y aterradora. Ninguno de los hermanos quiso contar qué había pasado, Cosme aseguró que no recordaba nada y Iago que ya había encontrado a su hermano así en el portal de su casa.

Afortunadamente, los diablillos no volvieron a pasar por la casa de los Páez. No es que se hubieran ahogado en el río como pensó Iago en un primer momento, no. Los diablillos seguían en el río intentando con todas sus fuerzas transportar el agua a casa de su amo con una criba. Esto se sabe porque un día, mientras Cosme paseaba por la orilla del río con sus muletas para recuperar poco a poco la movilidad de su pie izquierdo, vio a lo lejos una turba de seres diminutos que chillaban desesperados con una criba en las manos. Tan horrorizado quedó Cosme ante tal imagen que soltó las muletas y se fue corriendo a casa, milagrosamente curado. Nunca jamás volvió a poner un pie cerca del río de su pueblo y, por supuesto, dejó de ayudar a su padre en el molino.

***

Clara Aragón Tello

12/08/2023
Cuenca

Habían pasado 42 años desde aquello. Cosme se había mudado a la ciudad de Cuenca, en la provincia de Castilla La-Mancha con 25 años y allí había conocido a su actual mujer, Sonia. Estaba casado y tenía dos gemelas maravillosas: Ana y Lucía. Trabajaba como camarero en uno de los mejores restaurantes de la ciudad y, aunque le faltaban tres dedos en un pie, hacía su trabajo de maravilla.

Una mañana desayunaba tranquilamente viendo las noticias con su mujer antes de emprender un nuevo y duro día de trabajo en el Parador de Cuenca. Aquel día se había levantado un tanto intranquilo, sentía un hormigueo en el pie izquierdo, justo en el que le habían amputado los tres dedos. Cosme lo achacó al cansancio del día anterior y a la edad, ya sumaba 55 años a la espalda. Su trabajo requería estar muchas horas de pie o de aquí para allá sin parar, seguramente solo era que su «herida de guerra», como él la llamaba cariñosamente, se estaba resintiendo un poco.

— ¡Mira, cielo! Está saliendo en la tele tu pueblo —dijo Sonia entusiasmada— ¡Sube el volumen! A ver qué dicen.

Efectivamente, en Antena3 estaban emitiendo un reportaje sobre la España vaciada y Ponte Maceira era uno de esos pueblos que se habían visto mermados en los últimos años. En pantalla aparecía una joven reportera rubia y estilizada, con un acento gallego que no podía con él. Hablaba de cómo el pueblo había ido perdiendo a gente debido a la apertura de nuevas fábricas en las metrópolis cercanas, lo que había ocasionado que los jóvenes emigraran a otras ciudades en busca de una mejor vida.

En el reportaje se sucedían varias imágenes del pueblo en la actualidad, no había cambiado mucho pensó Cosme. Las casas seguían igual de bien erigidas, excepto alguna cuyo tejado había cedido por las fuertes lluvias. Incluso le pareció ver de pasada la casa de su *avoa* Anxela, que en paz descanse. Cosme no pudo evitar sentir una punzada de dolor en el pecho al acordarse de su abuela y de su infancia allí, sentía lo que se conoce como «morriña» y pensó que tal vez sería una buena idea ir ese verano con Sonia y las niñas a enseñarles el lugar que lo vio crecer. Sin embargo, la siguiente imagen que apareció en pantalla le dejó helado. Se trataba de un fotograma del río de su pueblo, seco. La reportera achacaba la falta de trabajo en el pueblo a la sequía de su río y, en consecuencia, al cierre de los molinos. El cambio climático había ocasionado estragos en la península y no se había salvado ni el antaño caudaloso río de Ponte Maceira. A Cosme se le cayó la taza de café al suelo, haciéndose añicos.

— ¿Qué ocurre, Cosme? —preguntó asustada por el estruendo Sonia.

— Nada, nada. No es nada. Se me ha escurrido —mintió Cosme, blanco como la pared.

El hormigueo en su pie izquierdo se intensificó. Ahora sabía que no se debía ni al cansancio ni a la edad. A Cosme le empezó a faltar el aire y salió al balcón de su quinto piso a respirar. Si el río se había secado y ya no había agua que cribar…

Clara Aragón Tello

Cuando miró hacia abajo los vio, estaban todos allí, devolviéndole la mirada, preparados para acatar de nuevo sus órdenes.

Cuentos

Antón P. Chéjov

Cristian Walter Lindo Pablo

Verónica

Verónica

Cristian Walter Lindo Pablo

> Para él era evidente que aquel amor tardaría mucho en acabar-
> se; que no podía encontrarle fin. Ana Sergeyevna cada vez lo quería
> más. Lo adoraba y no había que pensar en decirle que aquello se
> acabaría alguna vez; por otra parte, no lo hubiera creído.
> La dama del perrito

Los adioses de Antón Chéjov y Olga Knipper fueron constantes y dolorosos. Olga amaba el teatro, y solo podía realizar ese amor en las grandes ciudades rusas. Sin embargo, Antón no podía acompañar la pasión de su esposa debido a su fragilidad (teníatuberculosis y estaba condenado). Así es que decidió dejarla libre y esperar sus fugaces retornos en su solitaria finca de Melikhovo. Como Antón, yo también decidí dejar libre a Verónica. Y esa libertad, al igual que en el matrimonio Chéjov-Knipper, trajo una alegría intensa, pero también culpa y necesidad. Verónica había nacido en Telese Terme, un pequeño municipio al norte de Benevento. Desde niña supo que esas casi siete mil personas que habitaban su pueblo, ni el lago sereno, ni las calles desiertas, podían ser el mundo real. Y la certeza se hizo mayor cuando escuchó, en su primera clase de español, que cerca de quinientos millones de personas hablaban un mismo idioma. La joven maestra señaló, casi de extremo a extremo, un enorme continente que se proyectaba en la pizarra, y les dijo que en ese colosal espacio, el lenguaje no conocía las fronteras europeas. Aquel mismo día, Verónica supo que ese era el mundo verdadero que andaba buscando, y que lo recorrería, de cordillera a cordillera, como lo había hecho la taciturna mano de la profesora Flores.

Poco tiempo después de la muerte de su hermano Nicolás, Antón decidió viajar a la isla Sajalín. Quería vivir, durante medio año, lo que no había vivido hasta ahora. Su largo peregrinaje le mostró la geografía accidentada, desolada y encantadora de su descomunal país. Además, cuando por fin arribó a la isla penitenciaria, pudo presenciar el dolor, la miseria y la resignación de miles de compatriotas que habitaban las cárceles rusas. Sin embargo, lo que Antón finalmente encontró, más allá del hambre, de la indignación o del dolor, fue la convicción de haber vivido plenamente. La certeza de que ahora podía enfrentar la muerte, habiendo conocido la Gloria y el Infierno. Verónica, como el nacido en Taganrog, también necesitaba encontrar esa certeza, y decidió, después de su estadía en España, seguir su peregrinaje a América. Pero no a la América de Barbie ni de las Tortugas Ninja, sino a la América de donde venía la piel morena de la profesora Flores. Esa tierra donde los presidentes duraban menos que una colección de primavera de Dolce Gabbana, y donde uno podía encontrar la muerte con más variantes que las propuestas por Dante en su temible *Infierno*.

Después de una breve temporada en Guadalajara y en Guayaquil, Verónica llegó a Lima. En el camino hacia su nuevo hogar, se encontró con una multitud que pedía la renuncia y la muerte de la actual presidenta de la República. Pancartas, gritos, ataúdes y lápidas de cartón exigían el cuerpo de la mandataria. Verónica pensó en los carnavales de Telese Terme, donde solía perderse arrastrando a Coco, su perro, por debajo de los carros alegóricos. Recordó también que fue debajo de un dragón de melamina que recibió el primer beso de Luca. Pocos minutos después, la misma boca que la besó se estrelló con el puño de Giordano, su primo mayor, quien siempre reclamó su afecto y su deseo como parte del tesoro familiar. Verónica apartó a Giordano de su amante, y limpió sus labios con un beso. Esa fue la primera vez que conoció el sabor de la ternura en la sangre. Desde entonces siempre buscaría ese metálico sabor para tener certeza del amor que tenía en frente. Cuando presentía un cariño especial por alguien, sus pequeños incisivos formaban parte del beso, sumándole dolor al cariño. Después decidía marcharse lo más pronto posible, para celebrar, con su piel desnuda en la penumbra, la revelación de su nuevo delirio.

Cristian Walter Lindo Pablo

Poco antes de morir de tifus en un campo de concentración, Irene Nemirovsky escribió la biografía más conmovedora acerca de la vida de Antón Chéjov. Esta obra tuvo que esperar cuatro años después de su muerte para ser publicada, y casi veinte años más, para que apareciera la traducción de Susana López de Gomara en la colección argentina de Libros de Mirasol. Pasaron otras tres décadas para que el ejemplar de una bibliotecaria rosarina, de paso por Lima, llegara, gracias a su gratitud y desprendimiento, a las manos de un profesor jubilado nacido en Andahuaylas. Algunos años después de la muerte del docente, la biografía de Chejov llegó, con la mitad del lomo desgarrado, a la ruma de uno de los libreros de la avenida Alfonso Ugarte, donde, un mediodía de octubre, pude comprarlo por tres soles y un pan con pollo que llevabaen mi mochila. Unas semanas después, con aquel libro roído bajo el brazo, y frente a un muro donde se anunciaba la llegada de Jesucristo y la renuncia de la presidenta de la República, Verónica me mordió la boca por primera vez. Luego, sin despedirse, se perdió por un pasaje alumbrado por dos faroles intermitentes. Y no la volví a ver sinoun año más tarde, en una de las entradas sombrías del Albaicín.

Mi beca doctoral consistía en reponer lácteos en Carrefour. Mi madre me imaginaba dando conferencias por toda Europa, pero lo único que había hecho en estos tres años lejos de la patria querida era reponer yogures, leches y quesos, y tratar de reducir el uso de benzodiacepinas. Después de terminar la maestría, nadie quiso aceptar mi investigación sobre la historia del humor en la literatura peruana del siglo XVIII, y solo me quedó, para extender mi estancia europea, matricularme en un máster sobre escritura creativa e inteligencia artificial, al que nunca llegué a asistir. Todos los años, entre noviembre y diciembre, volvía al Perú a contar mi éxito académico y enseñarles a mis amigos cómo reverberaba el euro bajo el sol limeño. Algunas veces, cuando los euros alcanzaban apenas para pagar el pasaje y la cena navideña, aceptaba trabajos de dos semanas sacando pavos congelados de contenedores cubiertos de óxido. Sin embargo, la primavera que conocí a Verónica, llegué a Lima con el suficiente dinero para no hacer nada más que disfrutar y mentir. Y parte de mi goce consistía en visitar la librería de Steven. Podía pasarme la tarde entera buceando entre las rumas de libros dispersos en menos de seis metros cuadrados, y que, debido a las múltiples vejacionesde la humedad y el tiempo, costaban entre dos y cinco soles. Mientras realizaba mi búsqueda, Steven me iba contando, con una sonrisa ansiosa y perversa, acerca de la cantidad de veces que los extraterrestres habían intentado raptarlo, y la ocasión en que había visto a su jefe travestido en una esquina de la avenida Wilson, aferrado a la cintura del Negro Timón, el guachimán vespertino de Amazonas[1]. De pronto calló, se puso a mi lado y me dijo, casi susurrando: "Voy a ver cómo va la bolsa de valores, amigo". Steven tenía la vejiga hiperactiva, y quienes lo conocíamos, sabíamos de la bolsita de

1. Campo ferial de libros de la ciudad de Lima

Cristian Walter Lindo Pablo

agua caliente oculta en uno de los rincones de su puesto. Salí un momento para que mi querido amigo pudiera aligerar su carga, y encendí un cigarrillo al borde de la acera. Antes de extinguirse la primera bocanada, Verónica apareció repentinamente por una de las esquinas del campo ferial, con la firme intención de entrar al puesto de Steven. Lancé el cigarrillo encendido contra un viejo Chevrolet, y, sin pensarlo, le grité "¡No!", mientras la tomaba del brazo. Así fue como la conocí, tratando de evitar que viera la cara de fruición que ponía Steven cuando revisaba el flujo tibio de sus acciones bursátiles. Lo que siguió después fueron veinte minutos tratando de explicarle la singular condición de mi librero predilecto, al mismo tiempo que aprendía cada uno de los estadios de su rostro. Su semblante pasó en esos veinte minutos de la sorpresa al temor, de la repugnancia a la ira, y de la resignación a la risa. Y fue reír lo que hicimos después de conseguir la vieja edición en italiano de Eugenio Montale que Steven guardaba en uno de sus anaqueles. Y también reímos en un decadente restaurante vegano de jirón Lampa, cuando recordamos la cojuda forma —adormecidos por el hachís y el Alprazolam— en que habíamos esperado la muerte en España durante el confinamiento. Y reímos cuando un pericote nos robó el queso sin lactosa que Verónica había dejado en una banqueta de la Plaza Francia. Y seguimos riendo, una semana después, en una vieja habitación del Hotel París de Rufino Torrico, cuando la improvisada silla tántrica no soportó nuestra simulación del loto envuelto. Solo dejamos de reír, un mes después, poco antes

de marcharse, cuando el dinero y el amor tardaron
en llegar.

A los dieciséis años, Antón fue el único de los
Chéjov que quedó en Taganrog. Pablo Egorovich, su
padre, perseguido por una deuda bancaria, escapó a
Moscú. Y, un par de años más tarde, harían lo mismo
su madre y sus hermanos, cuando la familia perdió la
casa que nunca pudieron terminar de construir. Desde
ese momento, Antón se prometió tener una vida digna
junto a su familia, con un techo propio, donde viviría
una existencia limpia y serena. Verónica, apartando el
libro de Nemirovsky de mis manos, se recostó sobre
mi pecho y me dijo que también, después de ver el
mundo de verdad, quería lo mismo que el menor de
los Chéjov, tener una casa que le pertenezca, sin la
incertidumbre de tener que renovar contratos cada
vez más arbitrarios, y sin sufrir, cada cierto tiempo,
el desgarro de abandonarlo todo para siempre. No le
importaba el lugar donde construiría ese hogar, pero
quería tenerlo, necesitaba tener un hangar, un refugio
donde guarecer sus sueños. Luego calló. Aproveché ese
silencio para apagar la cabeza de Yuri (la lámpara en
forma de astronauta que tenía en el velador), quité la
sábana que ocultaba su piel de la oscuridad, y empecé
a descender mi aliento tibio sobre su vientre trémulo,
mientras pensaba, con una certeza creciente, que yo
no tenía lugar en aquel hogar soñado.

Verónica había llegado a Lima para enseñar la
cultura y la lengua de Dante y Moravia. El lugar
designado era San Marcos, pero el día en que debió
dar su primera clase encontró la puerta principal enca-
denada y cubierta de pancartas y de cuerpos desnudos

Cristian Walter Lindo Pablo

que pedían la renuncia del rector por fraude electoral. Con la universidad cerrada, la burocracia, que ya era lenta y negligente, se convirtió en una ciénaga. Mi primera cita con Verónica, después de revelarle el secreto de Steven, fue en la Embajada Italiana, donde intentaría pedir algún tipo de amparo ante la desidia sanmarquina. Bastaban dos párrafos, un sello y una simple firma para que Verónica pudiera recibir la beca que le permitiría sobrevivir los dos meses que le quedaban en Lima: un documento similar al que le dio la embajada mediterránea en menos de una hora. Esta carta de amparo fue enviada a la Decana de América, mientras desabrochaba el balconet negro de Verónica. Todo el tiempo que compartimos juntos traté de controlar mi deseo egoísta y empatizar con su desasosiego, pero el deseo siempre se imponía. Fue así que cada gesto de consuelo se convertía en una caricia ansiosa y lasciva y en un botón suelto. Y fue ese mismo deseo ciego el que no me permitió intuir el cansancio y el tedio creciente de Verónica, ni distinguir el cambio de su sonrisa plena de agradecimiento por un gesto que se confundía entre la amabilidad y el desconsuelo, cada vez que llevaba una canasta de frutas a su mesa, Si hubiese podido ver más allá de mi deseo, no me habría sorprendido la mañana en que encontré su departamento vacío, y la silueta blanca junto a su nombre en mi celular, donde nunca más recibiría una respuesta suya. Sentado bajo su puerta silenciosa, recordé un poema de Rosa Berbel que encontré en una vieja librería del Albaicín. Tomé el lápiz que siempre llevaba en el bolsillo y escribí debajo de la cerradura:

Al final del deseo hay un deseo nuevo
al que nunca ha podido llegar nadie.

Y después, junto al dibujo de un *panettone* sin
pasas ni frutas:

Desiderio di merda[2]

Perdí mi puesto en la zona de lácteos de Carrefour
por extender indefinidamente mis vacaciones. Según
mis caculos, mi liquidación me duraría apenas para
pagar los dosmeses de alquiler y para comer lentejas
y tallarines durante esa temporada. Durante algunos
días, después de mi búsqueda laboral vespertina, me
sentaba en uno de los bancos del Jardín del Triunfo
para imaginar bajo qué pino sería más conveniente
dormir en las noches de otoño. Me quedaba hasta
cerrada la noche calculando mi resistencia al frío y
la oscuridad. Hasta que una tarde Zaid, uno de mis
compañeros de piso, se sentó a mi lado para armar
un cigarrillo. Su español no era muy bueno, así es
que casi siempre me hablaba en un inglés con acento árabe. Me dijo, entre bocanada y bocanada, que
unode sus primos había despedido a su ayudante de
cocina, y que buscaba con urgencia aun reemplazo.
Al día siguiente, ya estaba envolviendo shawarmas
con papel de aluminio para todos los vecinos de
Plaza de Toros. Ahmed me dejaba salir antes
de la medianoche, casi siempre con un kebab tibio

2. Deseo de mierda

Cristian Walter Lindo Pablo

para llevar. Vivía en la calle Ancha de Capuchinos, muy cerca a la Puerta de Elvira, y cuando el frío no era tan intenso, me gustaba comer mirando ese imponente arco árabe, que era el acceso a la Granada mítica, a la ciudad de senderos empedrados y calles sinuosas donde parecía aún palpitar el amor y la muerte. Y de ese umbral maravilloso, rodeada de risas y aullidos, apareció Verónica, sonriendo, envuelta en una lliclla[23], y aferrada a una mano que tenía más anillos que Camarón de la Isla.

Cuando Dmitri Dmitrich Gurov se enamoró de Ana Sergeyevna, consolidó la idea de que todo hombre tenía una doble vida. La primera de ellas, de relativa franquezay seriedad, era visible para todo el mundo, y la constituían el trabajo, las reuniones sociales, las discusiones en los cafés y los paseos familiares. Por su parte, la otra vida —oculta y clandestina— era donde uno podía encontrar la vida real, de auténtico valor. Y en ese mundo velado y furtivo se encontraba Ana Sergeyevna, una mujer casada que conoció una tarde en los jardines de Yalta, y a quienes todos llamaban "la dama del perrito". Verónica me contó, mientras limpiaba con el índice el sorbo de agua derramado en su pecho desnudo, que compró el libro de Chéjov en una pequeña librería oculta detrás del Mercado de San Pedro. La beca le había llegado poco después del envío de su último mensaje a San Marcos. Y luego, algunas horas más

3. Manta andina con el que las mujeres se cubren la espalda y los hombros.

tarde de nuestro último encuentro, estaba sentada en un avión rumbo a Cuzco. Fue allí donde conoció a Pepe, un gaditano que le había prometido llevársela a conocer las playas de Barbate. Ese verano no lo consiguió. Verónica regresó a Lima, dictó por un par de meses un curso introductorio de italiano, y luego decidió, después de tanta insistencia, visitar la tierra de Pepe y Camarón. Hasta el día en que la volví a ver en Puerta Elvira, Verónica no había regresado a Telese Terme. Había decidido seguir afianzando su español y su vocación docente en la península, al lado del obstinado andaluz. Además, no era la primera vez que venía a Granada. El gaditano repartía artesanías árabes a toda Andalucía, y Granada era un destino recurrente. Me dijo que un día creyó verme en Mercadona reponiendo mermeladas de arándano. Y en otra ocasión, la ilusión tomó forma frente a uno de los estantes de Sostiene Pereira. La noche que me vio comiendo el kebab pensó que se trataba de otro fantasma. Hasta que se dio cuenta de que el fantasma no dejaba de mirarla. Por eso decidió desbloquearme de todas sus redes sociales y volverme a escribir. Y lo único que envió fue un lugar y una hora, junto a una foto donde aparecía sentada en las piernas de García Lorca.

Algunas noches Federico aparecía con un sombrero de duende, con una chalina de seda o con una corbata dorada. Sus largas piernas siempre descansaban sobre el regazo del poeta de bronce, quien esperaba el amanecer en el mismo banco hace más de una década. Durante el par de semanas que Verónica se quedó en Granada, gracias a un seminario de traducción, mi camino de regreso a casa siempre la encontraba junto a la escultura del escritor *granaíno*. Caminábamos la medianoche de Granada comiendo kebabs y bebiendo cervezas sin gluten. Verónica solía llevar chupachups en su cartera, y me entregaba uno cada vez que terminaba de comer. Le gustaba hacer el amor sintiendo el sabor de las frambuesas azucaradas en mi boca, mientras yo le pedía que no se quitara el collar en forma de corales que fosforescía en la penumbra. Teníamos la trágica fortuna de que mis compañeros de piso quedaban sedados todas las madrugadas gracias a la marihuana, al hachís o el Alprazolam; y que nuestros gemidos se perdieran entre el canto gitano y vecino de las hermanas Cortés. Por las mañanas, mientras recogíalos últimos rastros de sueño de mi rostro con sus manos, hablaba por teléfono con el gaditano. Le contaba su itinerario y siempre terminaba diciéndole que lo amaba en italiano. Después me despertaba con un beso y volvíamos a hacer el amor.

Ana Sergeyevna no pudo conciliar el amor por Gurov con su rol de esposa incondicional. Por eso eligió el adiós antes que la culpa y la locura. Sin embargo, Dmitri Dmitrich podía convivir con el amor ajeno y la rutina familiar sin resentimientos. Por eso, después de varios meses de distanciamiento, decidió buscarla y reanudar el delirio y la culpa. Los adioses siguientes se fueron haciendo cada vez más frágiles, hasta que los amantes se dieron cuenta de que su amor tardaría mucho en acabarse. Lo único que me quedó de Verónica en su breve estancia en Granada, fue la última página desgarrada de la historia de Ana

y Gurov. La dejó debajo de varias piruletas al lado
de Federico. Había adelantado su viaje por tres días,
pero esta vez yo había tomado mis precauciones: Me
despedía de ella para siempre cada mañana y trataba
de olvidarla durante el resto del día. Las piruletas
me duraron casi una semana, y decidí guardar cada
una de sus envolturas y la página roída en la caja de
manzanillas que siempre Verónica olía al despertar.
Después de su partida adquirí aquella costumbre
matutina, y luego de atrapar su aroma, colocaba la
caja de infusiones en mi ventana, como si las flores
estampadas en sus bordes pudieran florecer bajo el sol.

Demoré tres años para convertirme en el jefe de
la sección de lácteos del Mercadona de la calle Ancha
de Capuchinos. El mismo lugar donde Verónica creyó
verme en una de sus breves estancias en Granada. Sin
embargo, desde su repentina desaparición, nuestros
fantasmas nunca más volvieron a caminar una calle
granaína. Continué saludando a Federico de regreso a
casa, y seguí comiendo shawarmas frente a la Puerta
de Elvira, sin la esperanza de que la sombra de Verónica vuelva a cruzar su umbral. Por otra parte, mi
discurso y mi periplo limeño seguía siendo el mismo,
con la única diferencia de que me había convertido
en doctor en Filología Hispánica y trabajaba como
profesor e investigador asociado en la Universidad
de Jaén. Ahora mis viajes a Lima los realizaba en
plena temporada estival, y prefería pasar las tardes
escuchando a Steven hablar sobre los extraterrestres
transexuales de jirón Zepita, que quedarme desnudo y
caluroso durante tardes enteras, escuchando a Olenka
maquinar nuestro próspero futuro en España. La

Cristian Walter Lindo Pablo

había conocido el verano anterior en la graduación de mi hermana menor, quien me presentó ante ella como el personaje ilustre de la familia. Desde nuestro segundo encuentro en un hostal con Netflix y Disney Channel, gran parte de su discurso se resumía en nuestra futura vida andaluza. Por eso mi última tarde en Lima la decidí pasar con Steven. Después de pasar varias horas escuchando sus aventuras alienígenas, encontré escondido en uno de los estantes el testimonio de Máximo Gorki sobre Tolstoi, Andreiev y Antón Chéjov. Era una vieja edición argentina con dos puntos de polilla que surcaban todo el libro. Y en la primera página, bajo una firma reciente, aparecía el nombre de Verónica. Steven me dijo que a ella, al parecer, también la habían abducido los extraterrestres, porque separó el libro hace una semana y todavía no había venido a recogerlo. Puse mi firma y mi nombre debajo del suyo, y le pedí a Steven, a cambio de unos cuantos soles y un pan con pollo, que lo guardara para ella y que, sobre todo, no orinara sobre él. Un año después me casé con Olenka y se vino a vivir conmigo a Granada. No le importó que no fuera investigador y catedrático durante las tres primeras estaciones; y luego, en primavera, se marchó con un doctorando esloveno a Oviedo. Por mi parte, seguí comiendo shawarmas frente a la Puerta de Elvira en la medianoche y poniendo piruletas en el regazo de Federico. Además, continué pidiéndole a Steven, cada verano, que guardara los libros donde aparecieran los nombres de Antón Pávlovich Chéjov y Verónica.

Rubén Moragues Izquierdo

A la muerte
del patriarca

A la muerte del patriarca

Rubén Moragues Izquierdo

A la muerte del patriarca, todo aquello ocurrió como hubo de ocurrir o como gustaron las Moiras de que ocurriera.

El caso es que, en un año de mil días y mil noches, un tal Timeo de Tesalónica, hijo de otro tal Timeo y nieto de otro tal de ese mismo nombre, nacido en el vientre de una madre que no lo quería y que tampoco llegó a quererlo, amaneció muerto, muerto y tieso, con la piel del rancio de la leche y los pómulos hundidos, como si tirase de ellos una fuerza sobrenatural. El lecho estaba inquieto; expiraba aún humanidad, y el sudor de una persona que fue y que ya no era, recortado contra el lino trémulo, arrasado de madrugada, fue el peor de los augurios. Nadie ignoraba en la ciudad que el patriarca Timeo se pasaba las noches conversando con la Muerte, jugándose el destino a las cartas, compartiendo su vino a expensas de la madrugada; pero daba ahora la sensación de que aquella hasta entonces pacífica convivencia, se había resuelto por la vía de la violencia. Las sábanas parecían haberse vuelto contra el difunto trazando cabriolas sobre la cama y el cuerpo, del cuello a la entrepierna, enroscándose en las extremidades y ensanchándose conforme se abrían por el vientre cóncavo, hueco como un hueso muy largo y muy feo. Para cuando el sol le ganó la guerra a la nada y el Egeo lloró su última canción, Timeo, el de Tesalónica, ya desprendía un resplandor fantasmal, como si el gris de su piel deshabitada gritase «¡muerte, muerte, muerte!».

Los esclavos no se acercaron a la alcoba hasta bien entrado el mediodía, pues se sabía que al patriarca no le gustaba desayunar, y si desayunaba, era tarde, casi rayano el almuerzo. Los conatos de madrugue, por lo menos en esa casa, se pagaban con azotes y malas palabras. Desde que la senectud, mal encajada y mal provista, lo puso contra las cuerdas de la memoria, Timeo de Tesalónica se había acostumbrado con relativa comodidad a despertar cuando los otros comían y a comer cuando los otros se iban a dormir. A su fama de implacable y visceral, se le unió, con la vejez, una igualmente reputada fama de zángano; sus pasiones y virtudes empezaban y acababan entre las sábanas, testigos ahora de su precipitada muerte. Aunque la sombra de la pereza le había rondado desde recién cumplida la treintena, el patriarca no conocía la pobreza ni algo que se le pareciese remotamente. Más que producir, ahorraba, y fruto de tan enconado

ahorro —que muchos aristócratas juzgaron acerta-
damente de tacañería— era su endogámica fortuna.

A su fama de avaro y holgazán se le añadía un
peculiar y enfermizo interés por las mujeres, interés
que, así como sus pasiones, cultivaba escrupulosamen-
te en el lecho. Se decía de él que hasta en la cama
era rácano, frío y bestial, y que una vez satisfecho
se apartaba y se entregaba al sueño y a los ronqui-
dos. Precoz, y no en el buen sentido de la palabra,
tendía a enredarse en matrimonios que duraban lo
que le duraba la erección, siendo frecuente entre los
frecuentes en las casas de divorcio y un conocido y
por tanto desvergonzado putero. Se había casado en
todas las polis de la Hélade, había retado al rey de la
Persia por el amor de una concubina ciega y la había
raptado, preñado y posteriormente abandonado en
Rodas, y decíase también que tanta sangre repartió
en sus años de pirata que llegó a emparentarse con la
de Eneas e hijos. Tanto casamiento lo volvió descon-
fiado, solitario y un poco arisco, y su gineceo acabó
siendo el más apabullante de toda Tesalónica y uno
de los más envidiados de la Hélade. A tal punto de
hacinamiento llegó el asunto que el patriarca hubo
de rentar —a regañadientes, naturalmente— otro
oikos en el que trasladar, al menos, a las despechadas.

De su indiscutido apetito sexual, que parecía más
de cazador de conejos que de amante honesto, nacie-
ron cuanto hijo habría deseado un hombre criado a
la manera del patriarca. Les regaló su nombre y su
confianza, y llegó a contar diecisiete Timeos, hijos
de Timeo, el de Tesalónica. Como si al heredar el
nombre heredasen también las costumbres, los hijos

Rubén Moragues Izquierdo

le salieron perezosos y avaros. Competían entre ellos
por superar en racanería a su infame padre, y a poco
estuvieron algunos de lograrlo. El tropel de Timeos
había vivido hasta hacía bien poco en casa del patriarca; le reían las gracias, compartían su comida, su
vino y su techo, y le hacían compañía en las horas
muertas de la tarde. No obstante, pronto intuyó el
patriarca una confraternidad entre los mediohermanos
ciertamente sospechosa, y antes de que cantara el
gallo, imaginó cuchillos de papel y conspiraciones de
oro: «Me matarán», tenía la certeza, pero no sabía si
uno o si todos: «A mí que estos hijos de mala madre
me matan». No sintió sus espaldas más vulnerables
que en aquel momento, sentado cara a cara con
razones y sinrazones en la soledad de su balcón.
Aquella misma mañana, recuperado del ataque de
desconfianza, acudió al oráculo. «Cuídate del mal
de Cronos», soltó el augur sin siquiera dedicarle una
mirada, y en aquel momento, a ojos de los hombres
y de los dioses, Timeo de Tesalónica dejó de tener
hijos. Como no podía comérselos, resolvió construir
una escalera directa de la calle a su alcoba por la que
entrar y salir sin tropezarse con los conspiradores;
tapió la otra, que lo conectaba con la planta baja de
la casa, y se resignó a un encierro incierto.

Pese a que gustaba de la pompa y el boato y ven-
día los oídos al que quisiese comérselos, el contacto
humano, diríase afectuoso, lo hacía desquiciar. Timeo
de Tesalónica era de aquellos hombres que se lavaba
la mano después de ofrecerla y estrecharla; de aquellos hombres que rehuían el abrazo como se rehúye
al escorbuto y que saludaban cuando y como les

parecía, ora escupiendo, ora a gritos, pero siempre al margen de cualquier código social. Era un individuo particularmente particular, una semilla de caos en una ciudad demasiado civilizada como para seguir sus desatinos, la antesala de algún que otro Nerón enfurecido. Fuere como fuere, el patriarca detestaba todo atributo que cualquier hombre juzgara humano o cualquier sensibilidad que pudiese atribuírsele; por el contrario, disfrutaba de la discordia, el caos y la confrontación —siempre y cuando no le salpicara a él, claro está. Donde ponía el ojo sembraba camorra, y se hizo a la mala costumbre de asomarse al balcón y hacerse eco de las ventanas. En sus últimos días, cuando se resistía a salir de la alcoba por miedo a que lo liquidasen, mandó fabricar una lente grotesca con la que acercarse a la intimidad de la ciudad sin ser advertido. Antes de que la edad lo postrara en el lecho y lo privase de apetito, se tomaba la molestia de contratar merodeadores profesionales, daban su brazo a torcer en la consumación de la discordia. Eran, por lo general, ancianas jonias, enjutas y consumidas, las que se ofrecían a saciar los juegos de alcahueta que tentaban el honor del patriarca. El oráculo las tachaba de brujas y en Delfos las tenían por proscritas, y en más de una ocasión fueron descubiertas y torturadas, cantando el nombre del cliente que había contratado sus servicios.

Su fama de camorrista propició, más tarde que temprano, su merecida marginación social. Cuando Timeo salía de la casa —que más bien poco y, si eso, cuando el sol se ponía, para que no le resaltasen las picadas de viruela—, los ciudadanos le apartaban la mirada como a un vagabundo. En un principio, cuando la ciudad era reciente y por mármol tenía terracota, persiguieron sus favores, y no había tesalonicense, ya fuera rapsoda, escultor o filósofo que no deseara su mecenazgo. Pero pronto empezó a sospecharse que la Muerte visitaba la alcoba del patriarca al anochecer, y ante la certeza de la superstición, dejó de recibir cortejo. Taberneros y mercachifles le cerraban las puertas de en cuanto negocio ponía el hocico, y sus pares, patriarcas aristócratas, sabedores de su infamia, no permitían que sus hijas se le acercasen, siquiera para saludar. «Este hombre tiene la Muerte en los zapatos», sentenciaban, sorteando la comitiva, y se cambiaban de acera.

Como respuesta a todas las lindezas que cargaba a sus espaldas y a tan merecido ostracismo, la noche en la que murió, murió solo.

Lo encontraron tal como lo encontró el sol; tieso como pan viejo y pálido de muerte. Con el muerto en la casa, ocurriría lo que siempre ocurría; llorarían las plañideras, caería el luto y los colores se desdibujarían por un par de años; honrarían la memoria del difunto con juegos, cantarían los poetas a sueldo y se dedicarían epitafios inmerecidos.

O esa fue la expectativa que precedió a la masacre. La noticia, que ya se antojaba de dominio público antes de que confirmasen el deceso, supondría un pasado, un presente y un futuro que la vieja Tesalónica habría de arrastrar hasta su destrucción, siglos después y conquistas aparte, cuando Roma dejó de ser la conquistadora y pasó a ser la conquistada. El gran patriarca Timeo, el de Tesalónica, tuvo que esperar los sesenta y nueve años de su vida para ver culminada, concretada y recordada su obra maestra. Holgazán como lo habían parido, o movido por la ingenua convicción de que viviría eternamente, no se molestó en dejar testamento alguno que dispusiese de su voluntad. Lo que sí dejó en vida, y en pavorosa cantidad, fueron dos quistes; una ostentosa riqueza y una igualmente ostentosa familia. Porque donde hay pan, se sabe, hay hambre.

Los hijos del de Tesalónica, que habían llorado la desconfianza de su padre hasta que las lágrimas se les agotaron y lloraron sangre, ya festejaban la muerte, jugándose a las cartas el porcentaje y el beneficio de la herencia. Mientras el cadáver ceniciento del patriarca empezaba a desprender rancio, sus hijos se desembarazaron en una vorágine de sueño, borrachera, sueño, borrachera y sueño de nuevo. Hubo dos días y dos noches de parranda y locura en el viejo *oikos*, y para la tercera mañana estaban tan descompuestos que decidieron cerrar la semana de luto.

Así como los Timeos se ahogaban en su propio vómito y perdían las horas bailando sobre los despojos de su padre, las señoras del de Tesalónica, ya fueran madres, hermanas o hijas, consideraron oportuno guardar un silencio sepulcral, y pronto el mundo pareció olvidarse de ellas. No salieron del escondrijo en dos días, y bajo el pretexto del luto, sumieron puertas y ventanas a la desolación de los ladrillos. Antes de que anocheciera, el gineceo era un bloque compacto de cal y maderos al que no se podía entrar, ni del que tampoco se podía salir.

Rubén Moragues Izquierdo

A las doce de un martes que se precipitaba al olvido, las mujeres abandonaron el luto y se echaron a la calle. Los hombres habían estado tan ocupados —¡pero tan, tan ocupados!— que, además de la sensatez, también se olvidaron a sus mujeres, abandonadas en las casas frías y oscuras. Muchas ahogaban las horas del tedio en tejer —porque pareciese ser que la mujer en Tesalónica no tuviese las manos más que para la aguja y la rueca— cuando tocaron a la puerta. Fueron dos toques secos y una orden a medio susurrar. La respuesta por parte de las señoras era siempre la misma; asentir con la cabeza, mirar a los lados con ojos que parecían cuchillos, y volver a cerrar la puerta. Y es que los hombres estaban tan, pero tan ocupados, que cuando volvieron a los hogares a medianoche no se percataron de que los cuchillos largos, los punzones y los machetes de caza habían desaparecido.

A la tercera mañana de parranda, con la tarde agonizando entre las columnatas, los Timeos, como en una comezón generalizada, se despertaron a duras penas, tentando la oscuridad de la mansión con las manos abiertas y estiradas porque no se tenían en pie y tampoco confiaban en su lucidez. Ya para cuando atardecía alcanzaron las persianas, y con el mismo asombro primitivo del hombre que surgió de la caverna y no volvió a entrar, se quedaron embelesados, algunos con la lengua tocando suelo, ante la puesta de sol.

— Hermanos —habría de decir uno de ellos, tan solemne como le permitía la borrachera—. El Olimpo se abre ante nuestros ojos.

Y cayó rendido, en un sopor resacoso que pronto se propagó en los demás, que volvieron a tenderse a la solana.

Cuando clareaba ya la cuarta mañana, menos deshechos y con la conciencia un tanto más aguda, resolvieron dirigirse en tropel a la banca y reclamar la herencia. Encontraron tendido al *trapezita*, que tenía el perfil aguileño de cualquier banquero, en las largas escaleras del Tesoro Civil. Le habían torcido la nariz, y pareciera que le hubieran deshecho y vuelto a hacer la cara. Apenas los escuchó llegar, horrorizado, enfiló calle arriba, sin pararse a descubrir de dónde llegaba el rumor de pasos. Los hijos del patriarca no cabían en su incertidumbre.

— ¡Que cobren las que han sufrido, cerdos! — llegó una voz anciana, clarividente pese a lo añejo del tono, de alguno de los balcones de la ciudad. Un ánfora fue a estallar a pocos pies de donde se encontraban y pronto se le unieron otras voces y otras ánforas, vidrios y metales que volaban de los lugares más insospechados.

— ¡Eso, eso! ¡Que cobren las que han sufrido!

Los Timeos, creyéndose víctimas de un conjuro fantasmal, emprendieron la huida, sin perder de vista cada revés de cada esquina y cada callejón sin salida. Una vez en la casa, habiendo cerrado postigos y ventanas, se permitieron horrorizarse en familia; el cuerpo de Timeo, el de Tesalónica, había desaparecido. Buscaron por toda la casa, levantaron todo mueble que se dejase levantar, y los que no, los levantaron a la fuerza. Antes del anochecer, con la casa patas arriba, llegó la noticia; de la noche a la mañana,

Rubén Moragues Izquierdo

las mujeres olvidadas, dejadas hasta ahora al luto, reclamaban la herencia del aristócrata como si fuese suya. Las comandaba una vieja fiera espartana, de nombre Mitilene, que Timeo, el de Tesalónica, hubo de raptar en sus años de mojigato, cuando aún se permitía surcar la mar y conocer mundo.

— ¡Hijas de Lisístrata! —proclamó, triunfal, ante una enfurecida turba de mujeres, poetas y mujeres poetas—. ¡Que cobren las que han sufrido todos estos años de manta al cuello, de servidumbre ilustrada y pan duro! ¡Que cobren, que cobren las olvidadas! Aquellos que se regocijan en vuestro legítimo hogar no os pertenecen. Dejaron de ser hijos vuestros en cuanto os los arrancaron del pecho. Por mucho que los hayáis amamantado y querido, aquellos niños son parte del enemigo; recuerdos de un pasado al que os aferráis para no plantarle cara a la soledad. Él los ha corrompido, y merecen su mismo destino.

A la algarabía de mil manos y mil voces le sucedió un grito al cielo.

— ¡Sacad cuchillos, punzones y machetes, hermanas —sentenció, y el ágora latió con un mismo corazón—, porque es el encierro o la muerte!

Del horror sobrenatural que los indujo a la huida no quedaba más que las ascuas del resentimiento, y los Timeos pronto comenzaron a sentirse impotentes y rabiosos. De entre todos los ofendidos, Timeo Segundo, primogénito indiscutido del gran patriarca, se alzó como el más elocuente. Aunque desamparados por poetas y mujeres, seguían contando con el respaldo de toda la farándula política y militar de Tesalónica, así como de la justicia, cuya afinidad redundaba en lo mismo, es decir, en lo que les colgaba entre las piernas. Asimismo, no todas las mujeres habían abrazado la nueva doctrina; muchas acusaron a las rebeldes de amaneradas y de otras lindezas menos comedidas, de alterar el orden natural de la ciudad y de contradecir la tradición. Ciertamente, no sabían muy bien a qué se referían con aquello de tradición, pero, aun así, y quizá porque les sonaba a algo muy alto y muy inconcreto, la defendieron con uñas y dientes, y a poco estuvieron de enzarzarse a arañazos. La libertad que se les ofreció pareció tan desmedida y tan impropia que hasta se escandalizaron: «¿Sorori... sorori-qué? ¿Y yo para qué quiero salir de casa sin mi marido, o acudir al teatro, o hablar con otros hombres? ¿Que no tengo ya suficiente con la rueca y el alfil?». De ellas se aprovecharon los Timeos, que las presumieron como mártires, como ejemplos de mujeres castas, de mujeres «de bien».

— ¡Honradas estas sacras mujeres, besadas de virtud, de amor y de buen hacer! ¡Y honrado padre el nuestro —pregonó ante la tribuna del gobernador, días antes de que se proclamase la guerra total—, que, como que soy Timeo, hijo de Timeo, no habrá en esta ciudad para las mujeres rebeldes más salvación que la horca! ¡Esas mujeres son brujas, brujas! ¡Brujas contra natura!

El gobernador se puso en su favor, prometiendo y prometiendo hasta que de promesas se le cayeron los dientes. Amaneció ahorcado y desnudo en el ágora, pendiendo de un lado a otro, sujeto a lo que parecía ser una madeja grotesca. En el vientre, debajo de una caricatura un tanto obscena que apuntaba hacia la

Rubén Moragues Izquierdo

entrepierna, le habían escrito «grandes palabras para pequeñas dotes».

Aquella mañana comenzó la guerra total.

No hubo entierro alguno. Las plañideras se quedaron sin llorar, el luto tomó el último embarco a medianoche, los juegos se quedaron en nada, y los poetas a sueldo se merendaron los epitafios inmerecidos. La guerra civil se recrudeció para el viernes por la tarde, pese a que se acordaron dos treguas: la tregua de la siesta, a mediodía, y la tregua del vino, a medianoche. El resto del día se dedicaba a una guerra inexacta, con muchos sobresaltos y muchos más muertos, hasta el punto de que Tesalónica volvió a ser la urbe de barro y piedra que hubo de ser en su fundación. La guerra se consumaba en los lugares más comunes; en las casas, en los bazares, en las plazoletas. Pero donde más cruenta se descubría era en las calles. Las mujeres arrojaban ánforas desde los balcones, y a todo hombre que tratase de tumbar las puertas o someter los goznes, les recibía una carga de aceite hirviendo. Por otro lado, los hombres, engalanados en prendas y escudos que apenas sabían manejar porque hasta la guerra habían descuidado, trataban de abrirse paso a estocadas, y siempre los desnucaba un machete o un cuchillo a destiempo. Los yelmos se trocaron en papel, e incluso las lanzas de los hoplitas se quebraban por compasión y pena. Trece días duró la masacre; ¡trece días, que se dice pronto! Para la mañana del decimocuarto, el estado se propuso zanjar la escabechina de una vez por todas. Aprovechando el tumulto, se requisó el cuerpo del de Tesalónica, principal motivo de disputa, y se saló por cinco días. El estado decretó el toque de queda y la entrada en vigor de la ley marcial, y postergó para el próximo viernes las negociaciones entre ambos bandos.

La tarde del juicio se descubrió pálida como una paloma muerta. Fue aquel un viernes extraño, furtivo a los augures, que persiguieron en vano el vuelo de unos pájaros que se negaban a volar. Se sacrificaron aquella mañana veinte corderos, pero por cada cordero abierto en canal, no había entrañas que vislumbrar o sangre que recoger. El animal se contoneaba hacia dentro, como si el pecho se lo tragase, y se deshacía en una niebla de espuma negra. Los dioses, acabaron concluyendo, se habían desentendido de aquel viernes.

Para antes del atardecer, una diagonal terrible mutilaba el ágora de arriba a abajo y el sol rayaba en un aburrimiento providencial, casi académico. En el extremo que daba al puerto y por donde parecía que la tierra se iba a hundir, las mujeres de Tesalónica alzaron un puño al aire. Del otro lado, atrincherados en la tribuna del gobernador, conquistada con mucho sudor y mucha más sangre, los hombres se peinaban los penachos y se contoneaban con zancos de baila-rina. En el centro de la plaza, el cuerpo salado, casi cocido, del gran patriarca Timeo, el de Tesalónica. El cadáver pareció olvidarse de que estaba muerto, y siguió creciendo en uña y barba mientras estuvo en salazón.

Hubo un silencio de miradas hostiles. Las madres no reconocieron a sus hijos, y los hijos estaban tan exhaustos que habían perdido el habla y descuidado la vista. El Juez Mayor, de barba florida y aceitosa,

Rubén Moragues Izquierdo

presidió el pleno a pocos pasos del féretro. No dio rodeos —los condenados nunca lo hacen. Se limitó a morir de forma honesta.

— Hemos decidido, no sin contundente cavilación y tras horas y horas de vaticinio y conversación divina —comenzó, medio trémulo. La voz se le encharcaba en la garganta—, que la herencia de nuestro ilustre ciudadano Timeo, hijo de Timeo y padre de Timeo, recaiga en...

Vaciló, y con su vacile bailó media ciudad.

— ... en las arcas del estado de Tesalónica.

El conjuro duró un parpadeo.

—¡Recordamos que la decisión del jurado es inapela...!

— ¡Haceos con la cabeza del viejo, hermanas! — irrumpió Mitilene, empuñando una daga al cielo—. ¡No sería el primer ladrón que tiene por cabeza la entrepierna!

— ¿Contribuir al estado? ¿Mi padre? —graznó Timeo Segundo del otro lado, escandalizado—. ¡Suerte tienes, viejo traidor, de que muerto y bien muerto esté mi señor padre! ¡Matadlos a todos!

El sol se puso sobre Tesalónica, y en una algarabía de mil manos y mil rostros, la humanidad se encontró el ombligo de tantas formas y tantos colores distintos que a poco estuvo de reescribirse la anatomía del hombre. La noche lo encubrió todo; el metal cortó sin brillar, los muertos murieron a solas, y la luna resolvió no ir a trabajar. El cielo se proyectó huérfano, y pronto Tesalónica se deshizo en un silencio hueco. La ciudad bajó al puerto en forma de sangre, dando vericuetos por el adoquín, hasta el

Egeo. La vieron en Atenas con las primeras luces; se adentró en el Peloponeso para la hora del almuerzo, y ya tarde por la tarde, bañó Alejandría. La sangre siguió marea arriba, encauzándose hacia Anatolia y atravesando los Dardanelos sin que nadie, siquiera los espíritus enfermos de memoria que aún cercaban las ruinas de Ilión y los meandros del Escamandro, reparase en ella. La noche la descubrió en el Mar Negro, y abriéndose paso por tierra en una maniobra que cualquiera hubiese tomado por suicidio, alcanzó las cuencas del Tigris y el Éufrates, donde encontró la muerte.

Cuentan los que cuentan que, mientras sus familiares se deshacían en una vorágine de cartílagos y huesos, repartiendo muerte sin cuidarse de a quién se mataba y olvidando por qué razón lo hacían, Timeo, gran patriarca de Tesalónica, ya fuese por oportuna descomposición o por azares de las Moiras, grandes especuladoras del destino, esculpió su última y más sincera sonrisa, despedido del mundo como en él había vivido; rodeado de gran estruendo.

Rubén Moragues Izquierdo

Axel Andrés Rodríguez Betancourt

Luna negra

Luna negra

Axel Andrés Rodríguez Betancourt

I

Apenas podía tenerse en pie. El ajetreo de aquel día, especialmente intenso, le había machacado el cuerpo. Llevaba varios días alimentándose deficientemente, pues sus meticulosas búsquedas eran casi siempre infructuosas. Buscaba y rebuscaba de arriba a abajo, de izquierda a derecha y solo encontraba trocitos de cosas rancias y secas, tan secas que ni siquiera empapándolas con la poquita humedad que le quedaba en la boca conseguía hacerlas comestibles. Esa boca reseca de cansancio soñaba con deleitar algo dulce. En realidad, un poco de azúcar hubiera sido suficiente para saciar su apetito.

A pesar de la faena y el agotamiento que había fijado su cuerpo contra la pared, blanca e impoluta, no se alejaba de su propósito. Hoy, sin embargo, estaba más susceptible que de costumbre. La más tenue variación de luz, la más ligera corriente de viento, el mínimo movimiento, le provocaba una reacción en cadena incapaz de controlar. Sabía que era instintivo, incluso necesario para sobrevivir, pero ese día lo único que deseaba era concentrarse en su objeto de estudio. O más bien, en el sujeto a estudiar.

Pero como cuando las nubes deciden soltar su carga, ese día estaba cargado de distracciones decidas a sabotear su rutina. Ese continuo interrumpir, esa constante desconexión entre deseo y realidad, y esas súbitas urgencias, le despertaron una imperiosa necesidad de peinar su oscura melena, grasienta y apenas acicalada. 'Creo que hoy me he descuidado', susurró en su mente, mientras, a modo de rezo y mediante delicada fricción, intentaba generar un poquito de calor que le quitara de encima ese frío insoportable que se pegaba a su cuerpo, tal y como el hambre insaciable que le rondaba ya, antes de que la cegadora luz blanca hubiese inundado la habitación.

Curiosamente, en esos momentos de íntima banalidad, brotaban de su mente recuerdos de su más tierna infancia. Una infancia que, abandonada no hace mucho, le removía con fuerza las entrañas, inundándole de reminiscencias fugaces pero intensas. Destellos de una maratón, enmarañada, un ardiente deseo de alcanzar la meta. Cuerpos navegando y re-torciéndose en un mar teñido de ladrillo, putrefacto por el paso del tiempo, y enverdecido a trozos por las inclemencias de la naturaleza. Muerte que da vida tras el desprecio que sufren quienes han perdido el alma. De repente, comenzó a saborear la meta, los recuerdos se desprendían con mayor velocidad, y se deshacían en trocitos al más mínimo roce de la mandíbula, recuerdos que saciaban y vaciaban a la par, para desembocar en un tope blanquecino, óseo. La marca de su madurez, catapulta hacia la eterna búsqueda de peligros para satisfacer el mero goce animal de lo instantáneo.

No obstante, estas ensoñaciones no eran suficientes para sacarle de este estado de alerta constante y obsesivo. Con suma rapidez percibió el eclipse tras de sí, y sin necesidad de girar la cabeza ni de mover los ojos, presintió la presencia acechante, que, de manera amenazante, disparó la mano con fuerte violencia. La ligera corriente que, unos milisegundos antes de chocar con su cuerpo, acarició y balanceó sus bellos de azabache, erizados por lo repentino del roce, bastó para que esquivara el golpe y se abalanzara sobre el perpetrador. Rápidamente comenzó a enhebrar en su mente el informe. 'El sujeto ha intentado atacarme de nuevo. Me he visto en la obligación de devolverle el ataque. Creo que he conseguido intimidarle'.

Mientras analizaba al sujeto, volvió a sumergirse en sus pensamientos, esta vez, sin embargo, fueron las vibraciones, quienes ocuparon su mente. Esas pulsaciones sutiles que se despliegan como notas en una sinfonía orgánica y revelan su presencia en los rincones más recónditos de los cuerpos. Había visto el interior de muchos, por lo que no le era ajeno el latir continuo que resuena como un tambor entre túneles infinitos y que vibra al compás de múltiples oscilaciones armónicas ocultas en cada tejido.

Esa intrincada periodicidad era la obsesión de su investigación. Un ritmo regular, un vaivén predecible

Axel Andrés Rodríguez Betancourt

que no solo rige las funciones biológicas esenciales, sino que permite desvelar cualquier ligera alteración en la naturaleza del cuerpo. Comprenderlo consistía en desvelar la partitura detrás de la sinfonía corpórea.

Su nuevo enfoque se basaba en las vibraciones sinusoidales, movimientos que serpentean en sistemas biológicos, donde las fuerzas restauradoras danzan al compás de los desplazamientos respecto al equilibrio. 'Los resultados preliminares destapan un universo intrigante', pensaba para sí. 'El sujeto, a pesar de no presentar ninguna característica extraordinaria, emite, en su sistema cardiovascular, vibraciones que revelan patrones sinusoidales asociados a breves y repentinas arritmias, seguidas de oscilaciones respiratorias irregulares'. La expansión y contracción pulmonar, junto con las breves alteraciones cardiovasculares, seguían una cadencia al compás de los destellos y las vibraciones que emitía el oscuro rectángulo de intensa luminosidad. Este era contemplado de manera compulsiva por el sujeto. 'El baile de luces y vibraciones que atraen al sujeto, no solo le inducen cambios en el ritmo interno de sus propias vibraciones, sino que provoca variaciones en su química interna'. Esos vaivenes hormonales eran fácilmente detectables y ya tenía identificadas algunas relaciones. 'Todo esto lleva al sujeto a replicar patrones que alternan periodos de actividad compulsiva con periodos de intensa pasividad. Dentro de la irregularidad de su comportamiento hay una clara regularidad, un patrón que me sorprende, y parece dejar claro, que es la forma en la que el comportamiento del sujeto puede ser modificado y regulado. Y, todo ello está relacionado con ese resplandor vibrante'.

Mientras apaciguaba el frío con los movimientos de costumbre, se concentraba en el martilleo regular, periódico, hipnotizante que captaba la atención del sujeto. Notaba como éste segregaba diversas fragancias que sugerían una asociación con determinados patrones de comportamiento. Recordaba como a veces el sujeto presentaba movimientos fuertes, vibraciones agitadas y fragancias que apestaban a violencia, que eran seguidas por estados de calma y ausencia de movimientos. Vibraciones lentas e inermes, que inducían al sujeto en un estado de docilidad, identificable, además, por la fragancia sebosa que segregaba. 'Esos son los patrones que más se dan', murmuraba, 'son como gotas que caen perpendicularmente sobre el suelo de una caverna hueca y oscura'. Acariciando suavemente su oscura melena, recordaba la fascinación que sentía por el sujeto y presentía lo cerca que se encontraba del final de su estudio y la consecución de su legado. Era obvio que el siguiente paso que tenía que dar no era más que reproducir esos patrones de luz y vibración y comprobar si estaba en lo cierto; es decir, comprobar si sería capaz de alterar el comportamiento del sujeto mediante la replicación de dicho resplandor vibrante. Su hipótesis sostenía que sí. Había llegado el momento de validarla.

Bajo un aura de emoción por el reciente éxito de su investigación, salió en busca de sus colegas. Saboreando la victoria de haber resuelto el elusivo enigma, que generación tras generación se resistía a ser resuelto. Un desafío que revelaría los secretos de aquellas criaturas de naturaleza esquiva aparentemente irracional. La confirmación de sus teorías supondría un avance incalculable, una revolución que podría cambiar el rumbo de la historia. Además, la técnica, aunque rudimentaria, ya estaba diseñada.

II

'Qué raro fue al principio y qué normal era ahora', pensaba. Ya no echaba tanto de menos esas líneas rectas que desembocaban en paneles y cristales, guiadas por la luz blanca de las lámparas de su oficina. La ropa de salir, tan apretada e incómoda, podía ahora acumular ese delatador aroma a muchos días sin salir del armario. En pantalones anchos a cuadros, regalo de su madre, y con un polo azul oscuro, por si las moscas, descansaba tras la intensidad de la jornada, especialmente estresante tras la entrada de varios clientes nuevos. Recostado en su sofá, Leo observaba tras el pequeño rectángulo acristalado escenas estáticas ahogadas en azul y gris pétreo que invitaban a acomodarse mejor en su flamante sofá, que aun olía a nuevo, y a concentrarse mejor en otra ventanita, más pequeña y oscura, pero infinitamente más satisfactoria que la desabrida realidad.

Con el pulgar algo engrasado por la bolsa de patatas fritas que reposaba sobre la mullida alfombra de hilo sintético bajo el sofá *greige*, comenzó a hacer cosquillas al dispositivo que sujetaba con su mano izquierda. Quien reía, sin embargo, era el propio Leo, que disfrutaba observando dolorosas caídas, bromas a enanos, gente orinando en autobuses, accidentes estúpidos y las excentricidades de las celebridades de turno. Una tragicomedia perpetua e irresistible para Leo, cautivado por la eficiencia detrás de un funcionamiento que parecía leer su mente. La impresionante precisión del dispositivo lo envolvía en un vaivén de sensaciones, introducidas con meticulosidad en su cerebro como si se tratara de pequeños pinchazos de alguna sustancia administrada con precisión. Sutiles martillazos indoloros perforando con gracilidad la mente e introduciendo la correspondiente emoción. Tal y como un menú concienzudamente planificado capaz de satisfacer la mente del comensal mediante una perfecta disposición y elegante sincronía de escenas precisas y variadas.

Esa sorprendente elaboración era capaz de encajar tan bien escenas de rapado a un enano, robos a mano armada, un extranjero acosando un grupo de mujeres, perros peleando por un hueso, turbas de hombres y mujeres deambulando por terrenos baldíos con música impactante de fondo; con sesudos análisis socioeconómicos, apasionantes discursos políticos, retazos de los noticieros más importantes. Además, por si fuera poco, todo aquello que pudiera ser consumido, como tecnología, sexo, muebles, bebidas, era correctamente catapultado a sus pupilas.

Leo admiraba el mágico esmero detrás de este batiburrillo. Un avance que ni en los momentos más álgidos de la televisión se había llegado a rozar. Progreso tangible reflejado en un paso más hacia la eficiencia. Sin necesidad de esperas inútiles, podía decidir cuándo y dónde cortar de manera abrupta el estrés de la jornada. Podía divertirse, aprender, informarse. Esa amalgama de drama, acción, comedia, información, verdad, era perfectamente dosificada de manera automática, ahorrándole la necesidad de molestarse viendo cosas ajenas a sus gustos. Nada podía ser más democrático que esto: personalizado, sencillo, al alcance de prácticamente todos. '¿Quién en su sano juicio va a perder el tiempo leyendo novelas?', solía añadir Leo con frecuencia mientras elogiaba los avances de la técnica en sus conversaciones con los colegas.

¡Maldita mosca! Exasperado, Leo interrumpió durante unos segundos su deleite para ahuyentar al persistente insecto que se negaba a abandonar su salón. Esta breve interrupción le trajo una peculiar sensación de cansancio y preocupación, nada nuevo, ya que solía experimentar algo parecido tras sus maratones compulsivos. Un ansia que se apoderaba de su mente, una necesidad de más y, al mismo tiempo, de lo opuesto.

Agotado de las carcajadas y la liberación de endorfinas, comenzaban a manifestarse en su mente huellas de miedo y rabia. 'Los idiotas salen hasta debajo de las piedras', refunfuñó, recordando alguna de las escenas visualizadas. Esta era la frase con la que solía continuar las frases de su vecino, con quien había entablado una sólida amistad. Este, ligeramente obeso, desaliñado y con cara de marrano asustado, era percibido, al principio, algo extremista para Leo. Sin embargo, desde hacía un tiempo la opinión de Leo no era la misma ante una decadencia que se hacía más evidente. Los acosos, los robos, las escenas de caos en las fronteras eran cada vez más frecuentes. Por ello, usaba reiteradamente en las conversaciones con su vecino, coletillas del tipo: 'no sé, quizás últimamente hay más idiotas que de costumbre', o 'algo habrá que hacer'. En un mundo saturado de terroristas, ladrones, vagos y asesinos, resultaba comprensible que personas corrientes, como su vecino, adoptaran posturas políticas más vehementes, o más bien 'apasionadas', como solía describir Leo cuando hablaba de las opiniones del vecino. Quizás un poco laxas moralmente, pero era pura reacción ante el caos. Defensa propia ante un mundo en descomposición. Hasta él mismo estaba empezando a pensar que era necesaria más mano dura. Esas turbas de oscuros le aterraban. Se los imaginaba en la penumbra de la noche urbana observándole con los ojos muy abiertos, amarillentos y rojizos, sudorosos, amenazantes. La imagen de la líder opositora encabezando una delegación hacia lo que ella misma describía como la 'zona de guerra' para criticar la inseguridad en las fronteras aún estaba fresca en su mente.

Además, estaban esos idiotas incapaces de entender la realidad y de tener una opinión clara. Envueltos en la farsa de una utopía estúpida y completamente alejados de la cruda realidad les era imposible comprender cosas tan básicas como la justicia, el deber y la recompensa. Elementos esenciales para cualquier sociedad civilizada que, por su culpa, quedaban reducidos a meras banalidades. Como la idiota de Emma, esa ingenua y engreída repleta de ideas infantiles que tenía que soportar a veces cuando pisaba la oficina. Aun recordaba el placer que sentía al hacerla callar ante la mirada indiferente de sus compañeros. Una de sus últimas disputas quedó zanjada gracias a la brillante argumentación de un comentarista muy influyente, cuyo video guardaba en una de sus listas. Aún rememoraba la expresión de Emma al ser acallada: 'El feminismo mata más que el machismo'.

'Al menos no todos se han vuelto tan estúpidos', se decía a si mismo cuando comentaba con su círculo más cercano las preocupantes noticias de la crisis económica por venir o la enorme cantidad de denuncias falsas impulsadas por esas histéricas a las que les encantaba enseñar las tetas. ¡Qué satisfactorio era debatir aquello con gente normal! Gente sensata no controlada por ideas enfermizas y modas estúpidas. Lo mismo le ocurría en sus conversaciones con el vecino quien, a pesar de lo tajante con sus comentarios, era un hombre de ideas claras, limitadas técnicamente, pero genuinas y, sobre todo, pragmáticas. Incluso, cuando este terminaba el debate sugiriendo poner ametralladoras detrás de las cuchillas de las fronteras, 'para que esa chusma escarmiente y no se atrevan a poner un pie aquí'. En estas ocasiones Leo intentaba conciliar el debate con un '¡Si es que no hay dinero para tanto idiota!', para luego finalizarlo hablando del enano de turno. La realidad, a veces tan abrumadora, merecía una pequeña dosis de humor.

III

Leo estaba eufórico, los nuevos clientes habían generado suficientes transacciones como para asegurarle el bonus del semestre. Esta vez con el pulgar e índice derechos ampliaba la imagen del último modelo del mismo dispositivo que sostenía. Se veía bastante parecido, tan oscuro y reluciente a la vez, pero las cifras dispuestas en una tabla con contenidos técnicos no engañaban, eso y el dinerito extra justificaba la necesidad de adquirir la última versión. Además, se lo merecía; había dedicado tanto esfuerzo a asegurar el éxito de las negociaciones. Con lo tediosas que resultan las reuniones virtuales, Leo había participado en dos por semana durante cuatro meses con esos extranjeros de acento refinado.

'¡Otra vez esa maldita mosca!', se quejó Leo mientras intentaba aplastarla con la mano que no sostenía el móvil. La mosca, sin embargo, esquivó con mucha destreza el manotazo y decidida salió disparada por la pequeña ventana rectangular cercana al nuevo sofá de Leo. 'Bueno siempre y cuando no sea una plaga de esas horrorosas chinches...' El pequeño incidente le animó a rebuscar los videos que tenía almacenados del terrible episodio de chinches que azotaban las grandes urbes del otro lado del charco y hasta del país vecino. Mientras pasaba de un video a otro, el semblante vacío e inexpresivo de Leo era abrumado por un martilleo emocional irresistible. Los videos de chinches eran interrumpidos por otros de robos, seguidos de gatos discutiendo, un árabe berreando con un fusil en alto, un soldado preparándose para el combate, el director de una importante tecnológica sonriente, chinches y chistes sobre chinches y enanos, una mujer en lencería azotando a un hombre, fronteras atestadas de personas, declaraciones de un político corrigiendo la palabra personas, largas colas de inmigrantes en alguna oficina del Estado, un colérico discurso en defensa de la seguridad nacional y el cierre de fronteras. Malditos inmigrantes, al final va a tener razón el vecino.

De repente, un extraño zumbido comenzaba a hacerse perceptible. Por un momento, Leo pensó que se trataba de la vibración de su dispositivo quejándose por la falta de energía, pero poco después el zumbido intensificó su presencia, asemejándose a la tos de una motocicleta vieja luchando por subir la pendiente a unas calles de distancia. Con cada sucesivo video, el zumbido adquiría más consistencia hasta tomar forma de estruendo vibrante. Tras un par de videos más, mientras Leo observaba embobado la jeta grotesca de un payaso, el extraño zumbido se intensificó tanto, que consiguió arrancar parcialmente la mirada de Leo del dispositivo, obligándole a torcer su glóbulo ocular izquierdo los grados suficientes como para divisar la ventana. En ese instante, la blanquecina luz que se colaba por ella dejó de inundar la habitación, dejando la estancia, bajo una ruidosa y tenue oscuridad de manera abrupta. Leo se vio forzado a frotarse los ojos, estupefacto ante lo que estaba presenciando: aquella mancha oscura que había bloqueado la luz durante unos segundos se estaba moviendo en su dirección.

Cuando parecía que la mancha se iba a abalanzar sobre él, con una sorprendente coordinación, ésta se detuvo y, decidida, comenzó a adoptar de manera sospechosamente consciente una formación similar a un diamante vertical de superficie uniforme pero rugosa, impregnada de un gris profundo e intenso, y emitiendo destellos carmesíes. La figura diamantina comenzó a rotar ligeramente en el sentido contrario a las agujas del reloj, formando una especie de rectángulo oblicuo que trenzaba una densa cortina azabache, la cual controlaba a merced el flujo de luz que se escurría por la ventana. Mediante una detallada coreografía, la nube invertebrada distribuía el flujo de fotones repartiéndolos con las translucidas alas y eclipsándolos con sus cuerpos, generando un epiléptico juego de luces y sombras envuelto en un vibrante aleteo sincrónico. Múltiples ojos granate, como un mosaico de sangre coagulada, vigilaban el semblante atónito y desencajado del sujeto, sumergido bajo una profunda hipnosis producto de la destellante danza de luz y oscuridad. Cañonazos de fotones impactaban contra las cristalinas cúpulas que conformaban sus glóbulos oculares, provocando contracciones y dilataciones en las pupilas que dejaban entrar los chorros de luz y que penetraban hasta alcanzar su cerebro, transformados en pinchacitos eléctricos que se deslizaban a través de los nervios ópticos. Todo ello, envuelto en una sinfonía de zumbidos metamorfoseados en una armonía vibrante y meticulosamente sincronizada con los estallidos fotónicos. Un martilleo sinusoidal diseñado para perforar la mente a través del nervio vestibulococlear.

Leo, fascinado y aterrorizado a partes iguales, quedó inmóvil durante segundos que parecieron siglos, hechizado por un asombroso espectáculo sacado de una película de ciencia ficción. El corazón del pobre Leo, acelerado ya por la cafeína matutina, comenzó a sacudirse con frenesí, golpeando su pecho en un intento desesperado por escapar. Las angustiosas contracciones de su corazón rompieron momentáneamente el hechizo. Agarrando fuertemente su móvil, Leo

Axel Andrés Rodríguez Betancourt

se lanzó hacia la puerta de la salida y con increíble destreza y precisión escapó de su propia morada. En mente, huir lo más lejos posible de esa monstruosa nube de puntos oscuros. Cruzó con velocidad el pasillo del edificio, precipitándose frenéticamente hacia la calle, que, como de costumbre, estaba más poblada por vehículos estacionados que por personas. Sin nadie que lo socorriera y sin mirar hacia atrás, Leo aceleró lo máximo que pudo, con la respiración entrecortada, y la vista manchada por un batido de fachadas de edificios, cemento y palos metálicos, que chocaba con sus ojos, nublando su visión en un etéreo azul mate, reflejante del cielo que reposaba sobre el frio metal de los vehículos aparcados. El atormentado Leo corría como un desquiciado por las calles de su barrio. Sin entender con claridad lo que estaba ocurriendo, con la lengua fuera y el corazón a punto de desfallecer, intentó desbloquear su teléfono para pedir ayuda. Tenía que llamar a la policía o a los bomberos, o a lo que fuera que pudiera detener la monstruosa mancha.

Mientras continuaba con su marcha, ya a un ritmo más lento y torpe, y tras haber errado, en innumerables ocasiones la contraseña que podría salvarlo, escenas de lo que acababa de suceder comenzaron a invadir su mente. Por primera vez, los malos agüeros que constantemente repetían como gallinas los expertos en política, economía y derecho se estaban cumpliendo. Pero él se esperaba algo distinto, quizás el ataque de un inadaptado, o la llegada de hordas de hombres y mujeres sudorosos y hambrientos invadiendo su patria. Lo máximo que se esperaba era la invasión de su flamante sofá por parte de esas horrorosas chinches chupasangre, ¡Pero esto! En su vida se habría imaginado que un enjambre de moscas asesinas le perseguiría.

Con la mente enfocada en su desdicha, y con el móvil bloqueado y a punto de quedarse sin batería, Leo sacó fuerzas para realizar un último esprint e intentar alcanzar el puente que se divisaba al fondo, una vez cruzado el parque que flanqueaba el canal en ambas orillas. Sin embargo, gracias a precisas maniobras, dignas de una disciplinada tropa que ha perfeccionado su técnica mediante múltiples ejercicios tácticos, la nube de artrópodos dispuesta en forma de flecha y comandada por una mosca líder, le pisaba los talones. El exhausto Leo, tras rotar los ojos como un camaleón amenazado, entró preso de un pavor incontrolable al ver como la oscura mancha se engrandecía a poco más de un metro de su espalda. Con el corazón trepando por la garganta y los pulmones en práctica retirada, Leo víctima del agotamiento y en un intento desesperado por ahuyentar a sus persecutores, lanzó infructuosamente el dispositivo a la nube de moscas, perdiendo en ese instante el equilibrio y tropezando con el fino bordillo que separaba el caminito del parque de los matorrales que se levantaban inclinados a los márgenes del canal. Su mala fortuna alcanzó la cúspide con Leo rodando por la pendiente coronada por zarzas y cubierta de malezas y algunos troncos y ramitas dispuestos en forma de pequeñas estacas, que rasgaron la piel del, en breves instantes, moribundo Leo, pues su caída fue amortiguada por el mohoso y firme cemento del canal.

Axel Andrés Rodríguez Betancourt

A pesar de la brutalidad del impacto, a Leo le quedaron suficientes fuerzas como para arrastrarse por la orilla del canal, en un estéril intento de mantener su huida, queriendo llegar vanamente al puente, que se erguía inalcanzable sobre la maltrecha cabeza del desgraciado. Una cabeza incapaz de detener la fuga de su mente licuada, que comenzaba a filtrarse por las grietas del cráneo, anunciando el final de Leo.

IV

El enjambre sobrevolaba el cadáver aun caliente de Leo. De pronto, un diminuto punto se despegó de la pequeña nube de tormenta, y como si pronunciara un solemne discurso, la mosca que lideró la persecución, se dirigió a sus congéneres. 'La reacción del sujeto no ha sido la esperada. La hipótesis, sin embargo, ha sido validada. Podemos afirmar que estos seres pueden ser controlados mediante la exposición a determinados impulsos lumínicos y sonoros codificados mediante precisos patrones'.

En medio de vítores que se oían como alegres zumbidos, la mosca líder continuó. 'En el intricado tejido de nuestras vidas, nuestra sabiduría se oculta tras los velos del cambio, meticulosamente codificada en el eclipse. Nos desplazamos entre la luz y la oscuridad, la calma y la agitación. Expresándonos a través de la danza, distantes de los gruñidos primitivos de bestias que, hasta hace poco, nos parecían insondables en su imprevisibilidad y brutalidad. Nosotras, a la contra, buscamos un delicado equilibrio, esforzándonos por asistir a la naturaleza en la consecución de su eterno ciclo. Así, sacrificamos nuestra existencia en pos de este propósito y entregamos a nuestras hijas para completar la danza cósmica'.

La palpitante nube invertebrada ondulaba en perfecta armonía sobre el inerte bulto. Un imperceptible festejo bajo la luz cada vez más débil de un día que pronto llegaría a su fin. 'Desconocemos el origen del rectángulo negro de vibrantes resplandores que doblega la voluntad de estos seres. ¿Acaso esa luna negra es su deidad? ¿O es que otra especie se ha adelantado y ha aprendido a controlarlos? No tenemos respuesta para esos enigmas. Sin embargo, los logros obtenidos representan un avance innegable. Hemos logrado perfeccionar una técnica que conduce al sujeto hacia un estado de locura, incluso al extremo de poner en peligro su propia vida'. El zumbido cada vez más intenso fue sin embargo apaciguado por la líder. 'A pesar de que estos seres nos persiguen, matan a nuestras crías, buscan nuestro exterminio, nos mantendremos fieles a nuestra naturaleza pacífica. Conseguiremos dominarlos de manera sutil. Continuaremos saciando nuestros instintos en los lapsos de calma. Pero a la vez, permaneceremos sumergidas en profunda contemplación, alimentando nuestra esencia con la reflexión'. Tras una breve pausa, continuó con orgullo. 'Conocemos la manera de trascender nuestra efímera existencia y las restricciones de la anatomía. A través de una transmutación que va más allá del cuerpo seguiremos transmitiendo el conocimiento acumulado, convirtiendo la sabiduría de vidas anteriores en una energía inmaterial en perpetuo renacer'.

El zumbido, intensificándose con impaciencia, daba indicios del anhelo de los insectos por concluir

Axel Andrés Rodríguez Betancourt

el discurso. 'La vida nos es tan valiosa, que nuestra existencia está ligada a ese continuo renacer. Portamos la sabiduría de la Parca para aliviar el universo, por ello es la muerte quien marca nuestro punto de encuentro, sobre esa superficie enladrillada nos posamos y nos encontramos con nuestras hermanas. Sobre ese desierto sinuoso y ocre, sorbemos la sabia orgánica de la vida ya descompuesta, transmutada en muerte, y la devolvemos al comienzo del ciclo. Que más noble tarea que transportar con delicadeza la vida moribunda y elevarla con grácil vuelo a una nueva existencia'. Y así, tras la sentencia final, el enjambre se lanzó voraz sobre la orgánica masa, otorgando una nueva vida a lo que antes respondía al nombre de Leo. Saboreando los jugos de un cerebro martilleado que ha alcanzado un macerado exquisito, las moscas prosiguieron con su valioso cometido e inauguraron el macabro festín.

El festín se prolongó hasta que el cadáver del desdichado se delató por su pestilencia. Hasta entonces, sin embargo, de aquella masa roja, gris y verde, emergieron las larvas que perpetuarían el inacabado legado. Nuevas moscas que ahondarían aún más en el secreto desvelado por sus antecesoras: tal y como los insectos son atraídos por la penetrante luz de la luna llena, los seres humanos son cautivos de la lúgubre luz de la luna negra. Bajo una profunda penumbra mental, presos de una maldición infinita, son atrapados, por el ciclo eterno de un libro sin principio ni fin.

Relatos
de Bibliotecas
Duodécimo Certamen Literario
de la Biblioteca Universitaria de Granada
se acabó de imprimir el día 7 de mayo de 2024,
festividad de Santa Judit, en los Talleres
de Imprenta Printhaus,
Bilbao.

NC-T-20